KB093363

덕후 일기
―시간 죽이기

송승언

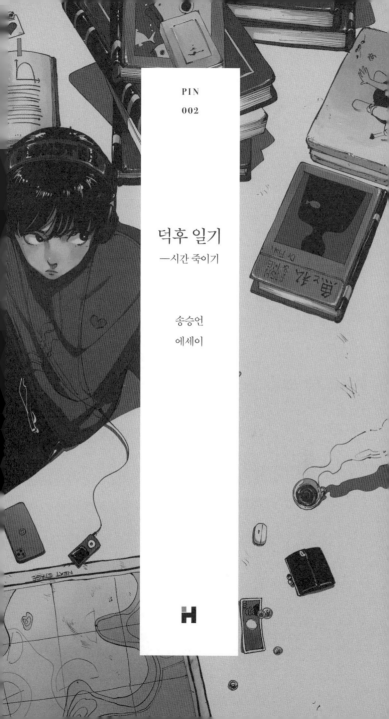

PIN
002

덕후 일기
—시간 죽이기

송승언
에세이

무용한 것을 위한 노력이

내게 살아갈 힘을 주는 것 같다.

이 신성한 취미를 오래 지켜내고 싶다.

차례

하지만 멋진 건 멋진 거지

우리 내면에 작은 악마가 있기에

행복이 의무인 세상에서

사랑할 줄 아는 당신들이 부럽다

"덕후 일기를 써주세요."

『덕후 일기―시간 죽이기』는 이런 제안과 함께 시작됐다. 난감한 점은 내가 '오타쿠(덕후)'가 아니란 점이다. 그러나 종종 오타쿠로 오해받는 것 같다. 게임을 하니까? 만화와 애니메이션을 보니까? 그 외 잡다하게 서브컬처에 속하는 취미 생활을 즐기고 있으니까? 강한 부정을 강한 긍정으로 받아들일까 봐 내 입으로 말하기가 좀 그렇지만 나는 정말로 오타쿠가 아니다.

대강 2010년대 초반부터 시작된 '오타쿠 인증'은 지금까지도 계속되는 듯하다. 오타쿠 문화가 힙스터(레트로) 문화와 뒤섞이며 인플루언서들이 오타쿠를 자칭하고, 소위 '인싸'들이 『귀멸의 칼날』을 보면서 너도나도 오타쿠 되기에 동참하려는 작금이지만 어쨌든 나는 오타쿠가 아니다.

여기엔 어떠한 겸손도 경멸도 회피도 없다. 오타쿠인

게 부끄러워서 숨기려고 하는 것도 아니고, 자칭 오타쿠들이 너무 많아진 게 싫어서 오타쿠 되기를 피하려는 것도 아니다. 그저 생각하기에 내게는 오타쿠가 되는 데 필요한 무언가가 결여되어 있어서 그렇다.

오타쿠란 그저 서브컬처 문화를 즐긴다고 해서 될 수 있는 게 아닌 것 같다. 오타쿠 문화는 단순히 많이 아는 것만으로 굴러가지 않으며, 팬덤 문화와 깊은 관계를 맺고 있기 때문이다. 즉 어떤 작품을, 어떤 사람을, 어떤 캐릭터를 마음 다해 사랑해야 하고, 공통된 것을 사랑하는 이들끼리 사랑의 증거와 이야기를 쉬지 않고 나눠야 하는 것이다.

오타쿠가 될 만큼 무언가를 깊이 사랑하는 능력이 내게는 없다. 어쩔 수 없게도 성정이 그렇다. 좁고 깊게 파고들기보다는 얕고 넓게 걸쳐 있기를 더 선호하는 편이고, 무언가를 파고드는 순간에도 쉽사리 애정을 쏟거나 열광하지 못한다. 알게 된 것들을 전파하려고 '영업'하지도 않고, 관련 커뮤니티에서 활동하지도 않는다. '나만 알고 싶다' 같은 마음은 없다. 차라리 그런 마음이었으면 더 나았을 것 같다. 그런 마음에도 사랑은 있으니까. 하지만 나는 그저 게으르고 아무 생각이 없을 뿐이다. 뭔가를 깊게 사랑하지 못하는 성정은 덕후 되기에 있어 큰 걸림돌이다.

덕후. 오타쿠에서 '오덕'으로, '오덕'에서 '덕후'로, 어감이 조금씩 부드러워지면서 부정적인 뉘앙스가 옅어지는 만큼* 그 단어가 따라붙는 영역도 넓어져 왔다. 일본 만화, 애니메이션, 피규어 등에 열광하는 이들을 지칭하는 정도를 넘어, 요즘은 뭔가에 '홀릭'해 있으면 다 덕후라고 한다. 아이돌덕후, 책덕후, 음덕후, 연뮤덕, 성덕, 식물덕, 철덕후, 겜덕후, 컴덕후, 금융덕후……. 하, 정말이지 끝도 없다. 야, 나는 너희들이 솔직히 부러워. 무언가를 그렇게 사랑할 수 있다는 사실이 부럽다.

여러 장르의 이러저러한 작품들을 둘러보는 것. 내게 그것은 덕질이라기보단 그저 효율적으로 시간을 죽이는 방법에 불과하다. 아, 시간이란 늘 너무나도 부족한 동시에 견디기 어려울 만큼 넘쳐나는 무엇이다. 늘 시간이 있기를 갈구하면서도 막상 눈앞에 시간이 있으면 '이 시간을 어떻게 보내야 하지?' 하는 막막함뿐인 인생. 나는 그런 시간을, 사람을 만나는 데 쓰거나 성공을 위해 투자하는 대신에 그저 죽이기로 하며 살아온 것이다.

이 글은 내가 시간을 죽이는 데 동원한 군대들에 관

---

* 비교적 최근까지 오타쿠는 한국, 일본 구분할 것 없이 멸칭으로 쓰여왔다. 그 어원은 불분명하나, 게임·만화·애니메이션 등을 좋아하는 이들끼리 '댁(님)'이라고 칭한 데서 유래했다는 설이 유력하다. 일본에서는 미야자키 쓰토무 사건으로 사회에 널리 알려지며 부정적인 이미지가 강해졌다. 일본 위키피디아에 따르면, 일본 국어사전상으로 "하나의 취미·사물에 깊은 관심을 가지지만, 다른 분야의 지식과 사회성이 결여된 인물"이라 정의되어 있다.

한 일지이다. 사람을 만난 시간보다는 작품을 만난 시간이 압도적으로 더 많으니까, 친구가 많은 사람보다는 더 많은 작품을 경험했을지도 모르겠다(아니면 말고). 내가 보고 경험해온 여러 작품에 관해 제멋대로 쓴 감상문이라 생각하고 읽어주시면 될 것 같다. 글에 언급된 작품들 중 어떤 것은 수많은 사람이 아는 유명 작품이고, 또 어떤 것은 아는 사람이나 아는 작품이다. 더러는 옛날 사람들이나 좋다고 할 작품들을 언급하기도 하지만, "요즘 그런 걸 누가 봐요"라고 넘기지 말고 이 기회에 관심을 가져보기를 권한다.

어쩌다 보니 덕후가 아닌 사람이 쓰게 된 덕후 일기라서, 진정성 있는 덕후 여러분들께는 미안하게 됐다. 모든 작품을 칭찬할 수만은 없었기에 어떤 작품은 비판하기도 했다. 그 점에 대해서는 미리 사과를 드린다. 잘 알지도 못하는 내가 당신이 사랑하는 것에 관해 함부로 말해서, 당신의 기분을 상하게 해서 죄송합니다. 하지만 이거 하나만은 알아주십시오. 나는 무언가를 전심으로 사랑하는 당신들을 부러워하며, 또 일면 존경한다는 것을 말입니다.

16분 후에 이 세계가 망하더라도

수렵 게임의 미래

「몬스터 헌터」「포켓몬스터」

「몬스터 헌터 라이즈」를 플레이한 지 330시간이 넘었다. 누군가는 나에게 폐인, '고인물'* 같은 소리를 할 수도 있겠지만 잘 모르고 하시는 말씀. 몬스터 헌터의 세계에서는 신출내기 헌터에 불과하다. 「몬스터 헌터 라이즈」의 전작인 「몬스터 헌터: 월드」를 플레이한 시간까지 더하면 500시간도 넘지만 나는 여전히 초보 헌터다.

겸손이 아니라 사실이 그렇다. 인간이 검, 창, 도끼, 활 등을 들고 생태계에 이변을 가져다줄 거대 괴수를 사냥한다는 이야기를 담은 「몬스터 헌터」 시리즈는 2004년 첫 작품이 발매된 이래 오늘날까지 이어지고 있다. 2018년에 발매되어 2천만 장 이상의 판매고를 기록

• 고여 있는 물. 한 게임을 너무 오랫동안 파고들어서 다른 사람들보다 실력이 월등히 뛰어나게 된 사람을 뜻하는 인터넷 신조어. 대부분 알겠지만 은어이니 적어둔다.

한 대작 「몬스터 헌터: 월드」에만 수천 시간을 쏟아부은 헌터도 여럿 있으니, 그야말로 누군가에게는 인생을 바쳐가며 플레이하게 되는 '인생 게임'인 것이다. 일평생 사이버 세계의 헌터로 사는 사람과 나처럼 그냥 게임 좀 많이 하는 사람은 애초에 비교 대상도 아니다.

「몬스터 헌터」 시리즈의 정체성을 규정짓는 설정이 하나 있다. 장르를 불문하고 수많은 작품에 등장하는 '몬스터'들은 그 이름대로 괴물이기에 존재 자체로 위협인 경우가 많지만, 「몬스터 헌터」의 몬스터는 그렇지 않다. 공룡을 모티프로 삼은 듯한 「몬스터 헌터」의 몬스터들은 인간과 마찬가지로 생태계의 한 축을 이루고 있는 동물일 뿐이다.

이로 인해 이 게임은 수렵 게임으로 분류하기도 한다. 실제로 존재하는 자연공원을 사실적이고 아름다운 그래픽으로 구현한 사냥 시뮬레이션 게임 「더 헌터: 콜 오브 더 와일드」와 「몬스터 헌터: 월드」를 비교해보면 유사한 점이 많다는 것을 알 수 있다. 두 게임 모두 야생을 돌아다니며 짐승이 남긴 흔적(발자국, 분비물 등)으로 짐승을 추적하며 사냥하는 구성이다.

몬스터를 물리쳐야 할 괴물로만 다루지 않고 인간과 더불어 살아가는 존재로 그려낸 또 다른 작품으로는 유명한 「포켓몬스터」가 있다. 「포켓몬스터」는 1996년 닌텐도의 휴대용 게임기 게임보이로 출시된 게임을 시작으로 만화, 애니메이션 등 다방면에 걸쳐 20여 년간 많은 나라의 사람들에게 독자적인 세계를 선보여왔다.

「포켓몬스터」는 독특한 생김새의 동식물이 존재하는 가상 세계를 그린다. 이곳의 인간들은 야생의 동식물을 몬스터볼이라는 신비한 도구로 포획하고 길들인다. 이렇게 포획되는 동식물을 '포켓몬'이라고 부르며 반려동물처럼 대하거나, 일꾼으로 부리거나, 대회에 참여해 대결을 할 수 있도록 훈련시킨다. 어떤 포켓몬들은 식용으로 쓰이기도 한다.

글로 나열하고 나니 새삼 적나라하게 드러나는바, 「포켓몬스터」는 종합적인 동물 착취의 현장 그 자체다. 당연히 과거에 비해 오늘날, 특히 「포켓몬스터」를 향한 여러 불편한 시각이 존재한다.

왜 포켓몬을 향한 시선은 점점 불편해질 수밖에 없을까? 왜 몬스터를 잔인하게 죽이는 「몬스터 헌터」보다 몬스터를 귀엽고 친근하게 그리는 「포켓몬스터」가 더 문제적이라고 느끼는 걸까?

우선 각 게임이 주된 목표로 삼는 소비자의 연령층이 문제가 되는 듯하다. 「몬스터 헌터」 시리즈는 근작 기준으로 15세 이상 이용가다. 그리고 오랜 팬들을 중심으로 시리즈가 이어져 온 탓에 3, 40대 이상의 플레이어들이 많고, 게임이 표현하는 거친 분위기 탓에 새로 유입되는 플레이어들도 대개는 성인이다. 「포켓몬스터」는 유소년들을 주 소비자층으로 삼는다. 이 시리즈가 오래되어 2, 30대 이상의 플레이어도 많지만, 별개로 지금도 새로운 어린이들이 「포켓몬스터」의 세계로 흘러들고 있다. 어린이들은 이 이상한 세계에 대한 의문을 가지기도 전에 흠뻑 빠져들고 말 것이다.

그런 점에서 그 세계를 감싸고 있는 포장지는 문제적이다. 「포켓몬스터」에 등장하는 수많은 포켓몬은 대부분 귀엽다. 보기에 무해하고 사랑스러워 보인다. 작품에서 끊임없이 반복되는 "우리는 모두 친구" "인간은 포켓몬의 친구" "인간과 포켓몬 사이에 상하 관계 따위는 없음" 등과 같은 구호는 그 귀엽고 친근한 것을 곧장 손에 넣어야 한다고 생각하게 만든다. 그러나 그 메시지의 본질은 동물 착취 행위를 은폐하는 역할을 수행함으로써 도덕적 해이를 일으킬 수 있다.

너무 단순하게 생각하는 거 아니냐고, 그냥 게임은 게임일 뿐이니 과몰입하지 말라고, 현실에서도 먹거리를 위한 도축과 유희를 위한 동물 사냥이 계속되고 있으며, 늘 성업 중인 듯한 펫숍과 그 이용자들, 그리고 길고양이를 학대하는 이들에 비하자면 사이버 세계에서 동물을 사냥하거나 함께 모험하는 게 차라리 더 건전한 것 아니냐고 말하는 사람도 있을 것이다. 그 말 또한 틀리지 않는다. 오랜 시간 인간 역사에서 스포츠와 문화로 이어져 온 것이 어떻게 한 번에 부정되겠는

가. 다만, 특히 「포켓몬스터」 같은 게임들은 이쯤에서 한 번쯤 고민해봐야 할 때도 되지 않았나 하는 생각이 들기는 한다. 수렵 게임을 아예 안 만들 수 없다면 이를 지속하기 위해 어떤 선*을 그어야 할지를. 게임이 현실을 모방하고, 종종 모방을 넘어 새로운 이미지를 제시하고, 나아가 대안 현실로 기능하기도 하는 시대이니 말이다. 이제는 너무 많아진 포켓몬들을 정리 해고도 시킬 겸……. (인간이 미안해.)

---

* 도브테일 게임스의 낚시 게임들은 게임 시작 전에 다음 문구를 출력한다. "이 게임을 만드는 동안 어떠한 진짜 물고기도 다치지 않았습니다."

고전에 대한 유머

「캐리비안 세일」「오리건 트레일」「오르간 트레일」

킥스타터를 통해 후원했던 게임 「캐리비안 세일」 패키지가 아이오와에서 바다 건너 서울에 도착했다. 후원한 지 약 8개월 만이다. 후원자가 채 100명도 되지 않으니 순번을 헤아리는 게 무슨 의미이겠느냐마는, 내가 받은 것은 총 100개 중 56번째 패키지다. 한국에서는 아마도 유일한 후원자이리라. 후원할 때 배송 지역에 한국이 없어서 개발자에게 따로 문의했더니 "한국에서 후원할 줄은 생각하지 못했다"라며 배송 지역을 추가해줬으니까.

「캐리비안 세일」은 1인 개발사 빅토리안 클램베이크에서 제작한 생존형 전략 시뮬레이션이다. 대항해시대를 배경으로 플레이어는 선교사, 어부, 요리사, 제독 등 여러 직업 중 한 가지를 선택해 배와 선원을 이끌고 런던에서 나사우까지 가야 한다. 가는 길은 매우 험난하다. 길은 멀고 식량은 부족하다. 오랜 바다 생활 탓에 전염병이 돌기도 한다. 바람은 뜻대로 불어주지 않고,

지친 선원들은 반란을 일으킨다. 해적이 나타나 재물과 목숨을 위협하기도 한다. 배가 폭풍우나 암초를 만나 뜻하지 않게 좌초되는 일도 빈번하다. 바다에는 먼저 항해에 나섰다가 죽음을 맞이한 다른 플레이어들이 남긴 다잉 메시지가 병에 담겨 둥둥 떠다닌다.

게임 경험이 있는 이라면 「시드 마이어의 해적!」(1987)이나 이에 크게 영향받은 「대항해시대」(1990) 같은 작품들이 곧장 떠오를 것이다. 그것들과도 관계가 없지는 않으나 「캐리비안 세일」은 앞서 언급한 작품들보다 더 옛 작품인 「오리건 트레일」(1971)에 정신적 뿌리를 내리고 있다. 이미 '캐리비안 세일'이라는 제목부터가 '오리건 트레일'과 어미를 맞춘 패러디다. 「오리건 트레일」은 교육용 전략 게임으로, 19세기 황금광 시대 때 오리건 가도를 따라 마차를 타고 서부로 이동했던 개척자들의 생존기를 다루고 있다. 일가족이 일확천금을 꿈꾸며 미주리주에서 오리건주로 가는 길 또한 매우 험난하다. 목적지는 멀고, 식량과 물자는 부족하다. 주변 환경 또한 안전하지 않다. 고생 끝에 오리건주에 도착하고 나면, 가족 중 절반 이상은 사라진 상태일지도 모른다.

원조 「오리건 트레일」을 플레이해본 이라면 「캐리비안 세일」의 그래픽이라든지 메뉴 구성에서부터 친숙함을 느낄 것이다. 빅토리안 클램베이크는 「오리건 트레일」의 패러디 게임이라고 느낄 만한 구성에다가 「시드

마이어의 해적!」, 혹은 그보다 앞선 SF 게임인 「스타 트레이더」(1974) 등에서 나타나는 교역과 탐험, 전투 등의 요소를 더해 오늘날 관점에서는 좀 특이해 보일 만한 인디 게임을 만들어냈다. 고집스러운 인디 게임 특유의 불친절함과 고난, 그리고 단순한 픽셀로만 찍어낸 레트로풍의 그래픽과 8비트 사운드는 최신 게임에 익숙한 게이머들에게는 진입 장벽이 되지 않을까 싶다.

「캐리비안 세일」과 비슷한 관점에서 「오리건 트레일」을 재해석한 다른 게임으로는 「오르간 트레일」이 있다. 제목부터 내용까지 좀 더 「오리건 트레일」의 충실한 재해석이다. 미국은 좀비 바이러스가 퍼지고 핵폭발로 국토 전역이 황폐해졌다. 플레이어는 동료들과 함께 고물 차를 타고 좀비로부터 안전하다고 알려진 서쪽의 요새로 떠난다. 망한 도시에서 물자를 찾고, 다른 생존자들과 물물교환을 하고, 좀비 바이러스와 방사능 오염의 위협에 맞닥뜨린다. 아타리* 시절의 단순한 게임을 생각나게 하는 미니게임들마저도 이러한 분위기에 따라 긴장감이 느껴지게 구성되어 있다. 바이러스에 감염되고 만 동료를 향해 어쩔 수 없이 총구를 들이미는 순간에는 비장미까지 느껴진다.

나는 이 게임들을 좋아한다. 완벽하진 않다. 하지만

---

* Atari. 미국 비디오 게임회사. 1970년대에 아케이트 및 가정용 게임기를 만들어 큰 인기를 끌었으나 1983년 '아타리 쇼크' 이후 몰락한다.

개인적으로 특별하게 이끌리는 무언가가 이런 게임들에는 있다. 단순히 레트로풍의 그래픽과 사운드를 사용하는 것만으로는 이런 느낌을 낼 수 없다. 레트로풍이 유행을 지나 인디 개발자들이 취할 수 있는 쉽고 게으른 선택지 중 하나가 된 지는 이미 오래다. 이 게임들은 쉬운 선택지 중 하나로 레트로를 취했다기보다는, 고전을 패러디함으로써 고전을 탐구하고 있다는 느낌을 준다. 만약에 내가 인디 게임 개발자가 되었더라면 이런 게임들을 만들려고 궁리하지 않았을까 싶은, 모종의 동지 의식 같은 것을 내게 전해준다.

그러한 동지 의식에서 전하는 말이지만, 나는 빅토리안 클램베이크의 에반 매시Evan Massie 같은 개발자를 좋아한다. 그는 유머를 아는 사람이다. 이미 스팀을 통해 디지털 카피로 발매한 게임을 굳이 후원을 받아 옛날식의 피지컬 카피로 만들고자 하는 것도 완전한 유머였다. 후원자가 100명도 되지 않을 줄 알면서도 실물 패키지를 만들고, 그 구매자 모두가 이미 게임을 다운로드로 구매한 사람들인 줄 알면서도 CD에 게임을 담고, 설명서에 쓸 내용이 부족했는지 게임과는 전혀 상관없는 '하드택 레시피'를 써놓고, 업데이트 내역을 운율에 맞추어 시처럼 적어두는 등, 고전을 재해석하는 일에 꼭 필요하다고 생각되는 유머 한 스푼을 에반 매시는 그 누구보다도 우아하게 뿌려내고 있다.

미국 트럭과 사막 버스

「아메리칸 트럭 시뮬레이터」 「사막 버스」

밤 운전 중이다. 블러드 오렌지의 「프리타운 사운드」
앨범을 듣고 있는데 제법 밤 운전에 어울리는 것 같다.
드라이브 기분은 나지만 목적 없는 드라이브는 아니다.
업무차 트레일러트럭을 몰고 있는 중이다. 글쎄, 내겐
특수면허는커녕 2종 보통면허도 없지만 면허가 없어도
컴퓨터만 있으면 켄워스 W900를 몰고 캘리포니아를
종단하는 게 가능하다.

「아메리칸 트럭 시뮬레이터」는 트럭 운전기사의 삶
을 체험하는 게임이다. 내 아바타는 이영자라는 이름의
동양인 여성인데, '걸 크러시'라는 트럭 회사를 설립해
화물 운송업을 하고 있다. 아직은 직원도 없는 자영업
자에 불과하지만 곧 캘리포니아주와 네바다주 일대에
서 제일가는 화물 운송 회사의 사장이 될 것이다.

스토리가 없는 시뮬레이션 게임이라 내용은 지극히
건조하다. 일감을 얻어 트럭으로 화물을 운송하는 게

전부다. 한마디로 게임이 일과 다르지 않다. 트럭을 거칠게 몰아보고 싶은 마음이 없는 건 아니지만 레이싱 게임이 아니기에 막 달릴 수는 없다. 사고로 인해 화물과 차량에 피해를 주면 돈을 물어내야 하니 규정 속도를 준수해야 하고 신호도 잘 지켜야 한다. 기름이 떨어지면 주유소를 찾아야 하며 장거리 운전으로 피곤해지면 모텔이나 길거리 휴게소에서 쉬어야 한다. 차량 조작법도 실제 트레일러트럭과 유사해 주차가 매우 곤란하다. 도로 또한 실제 캘리포니아의 풍경을 재현한 모습이지만, 그나마 위안인 건 실제 캘리포니아보다는 훨씬 작다는 거다. 그렇다고는 해도 실제 시간으로 한두 시간은 차를 몰아야 하는 장거리 운송 한두 번 하고 나면 이거, 게임 맞나 싶을 정도로 어깨로 전해지는 뻐근함이 상당하다.

「아메리칸 트럭 시뮬레이터」의 장거리 운전이 주는 고통을 호소하면 아마도 「사막 버스」의 제작자가 코웃음을 칠지도 모르겠다. 「사막 버스」는 미국의 마술사-코미디언 듀오인 펜과 텔러가 참여한 「펜과 텔러의 연기와 거울들」(1995, 미발매)이라는 게임 속의 게임이다. 이 게임의 목적은 투손에서 라스베이거스까지 버스를 운전하는 것으로, 이 버스의 최고 속도 45마일(약 시속 72킬로미터)로 달린다는 가정하에 투손과 라스베이거스를 잇는 일직선의 사막 도로를 8시간가량 주행해야 한다. 물론 이 8시간은 현실 시간이다.

라스베이거스로의 여정은 고행과도 같다. 목적지에 도착하기 위해 게이머는 8시간 동안 액셀러레이터 버튼을 누르고 있어야 한다. 액셀 버튼에 절연테이프를 둘둘 말아둔다든가 동전을 끼워둔다든가 하는 꼼수는 통하지 않는데, 이상하게도 버스가 조금씩 우측으로 이동하기 때문이다. 가끔씩 핸들을 왼쪽으로 틀어주지 않으면 버스의 바퀴는 사막에 처박히게 되고 이렇게 되면 더 이상 버스를 운전할 수가 없어 지금껏 얼마나 왔든지 간에 투손으로 견인된다. 이쯤 되면 당연한 소리겠지만 이 게임에는 저장 기능이 없으며 일시 정지 기능따위도 없다. 즉, 라스베이거스까지 가기 위해선 무조건 앉은자리에서 8시간 동안 버스를 운전하는 것이다.

버스를 운전하는 동안 심심파적할 거리라도 있으면 낫겠으나 (거의) 아무 일도 일어나지 않는다. 온통 모래뿐인 사막 도로를 지나가는 차는 오직 이 버스 한 대뿐이며, 백미러를 통해 보이는 객석마저 텅 비어 있다. 이 버스 기사는 자신 외에는 아무도 타고 있지 않은 버스를(솔직히 자신도 타고 있는지 의문이다) 몰고 아무도 없는 도로를 8시간 동안 달려야 하는 것이다. 심지어 음악조차 듣고 있지 않다. "(거의) 아무 일도 일어나지 않는다"라고 말한 까닭은 약 5시간쯤 차를 몰았을 때 모기 한 마리가 차창으로 날아와 부딪혀 죽기 때문이다.

이토록 고된 8시간가량의 정신적 투쟁을 통해 라스베이거스에 도착한다면, 게이머는 보상으로 1점을 얻을 수 있다. 그 1점을 쓸 곳은 아무 데도 없다. 버스 기사의 고독과 고됨을 이보다 잘 표현한 게임은 없다, 라고 말하기 전에…… 이거, 게임 맞나 의심스럽다.

펜과 텔러는 「사막 버스」 제작 당시 한 라디오 쇼에서 "비디오 게임들이 지닌 폭력성으로 인한 도덕적 공황에 반대하기 위해 과도하게 현실적으로 디자인했다"라고 밝힌 바 있다. 글쎄, 물리 엔진까지 동원되어 사실성을 추구하는 최신 AAA 게임*들에 비해 당시 게임들이 얼마나 폭력적이었을지 내 어린 시절을 토대로 생각해보면 약간 어리둥절한 기분이 드는 것도 사실이지만, 어쨌든 '과도한 현실적 디자인'을 통해 비디오 게임의 폭력성에 반대하고자 했던 그의 퍼포먼스는 오늘날에 와서야 그 의도와는 상관없을 영향을 끼쳤다.

반게임으로 분류할 수 있을 이 시뮬레이터는 그 기괴한 발상으로 인해 레트로 게이머들의 관심을 받아 컬트적인 인기를 누리게 됐다. 1995년 당시 비디오 게임기인 '세가 CD'용으로 제작됐던 「사막 버스」는 2011년 스마트폰으로 이식되었고 웹사이트상에서 자바로 제작된 적도 있으며, 최근에는 VR 게임으로도 제작됐다. 적지

---

* 흔히 업계에서 많은 자본과 인력을 투입한 블록버스터 게임을 이르는 용어.

않은 이들이 라스베이거스로의 고행길을 선택했으며, 그 여정의 일부를 유튜브나 트위치 등의 게임 동영상 관련 사이트에 중계했다. 「사막 버스」로 전 세계의 불우 어린이들을 돕는 후원 마라톤까지 생겨났는데, '희망을 위한 사막 버스'*는 도전자들이 「사막 버스」를 완주하면 후원금이 누적되고, 그 후원금으로 어린이들을 돕는 특별한 기금 행사다.

앉은자리에서 어디론가 떠날 수 있다는 것, 죽지 않고 다른 삶을 살아볼 수 있다는 것. 그 모두가 좋은 일이고 시간을 죽여볼 수 있다는 것은 더 좋은 일이다. 그것들은 일종의 신적 권능이다. 그러한 권능을 통해 무수한 삶을 살아본다는 것은 어떠한 의미에서는 전생轉生과도 같은 게 아닐까. 그 때문에라도 저 '과도한 리얼'을 향한 여정은 계속될 것 같다.

* DESERT BUS FOR HOPE(https://desertbus.org/).

진짜 삶으로 대하라는 권유

「레드 데드 리뎀션 2」

미국 서부 무법자들의 이야기를 다룬 「레드 데드 리
뎀션 2」는 「레드 데드 리뎀션」의 프리퀄에 해당하는 작
품이다. 나는 전작을 해보지 않았다. 아마 나 같은 사람
이 많을 것이다. 그래도 플레이하는 데 문제는 없다. 시
퀄이 아닌 프리퀄이고, 1편 제작 단계에서 2편을 상정
하지 않았기에 주인공 아서 모건 등 몇몇 인물들은 2편
을 제작하며 만들어진 인물들이기 때문이다.

「레드 데드 리뎀션 2」가 들려주는 이야기의 뼈대부
터 살펴보자. 「레드 데드 리뎀션 2」는 한 커뮤니티의 몰
락을 그리고 있다. 주인공 아서 모건은 더치 반 더 린
드가 이끄는 반 더 린드 갱단의 집행자*다. 반 더 린드
갱단은 한때 잘나가는 무법자 집단이었다. 그러나 블
랙워터 지역**에서 갱단이 벌인 작업이 실패하고, 갱단

---

* enforcer. 갱단 내에서 보스를 대신해 폭력으로 실제 일을 처리하는 자.
** 「레드 데드 리뎀션」은 실제 미국을 바탕으로 한 가상의 미국을 그린다.

은 핑커톤 사무소의 현상금 사냥꾼들에게 쫓기는 신세가 된다. 이와 더불어 대대적인 무법자 소탕이 전개된 1890년대 미국의 분위기가 더해지며 갱단의 입지는 점점 좁아진다. 아서 모건은 자신이 참여하지 않은 블랙워터 사건을 주도한 더치가 예전과 달라졌음을 느끼고, 혹독한 조건 속에서 갱단의 다른 이들도 갈등을 겪는다.

외부에서 보면 매한가지일지 모르겠으나, 내부에서 보는 반 더 린드 갱단은 좀 특별한 무법자 집단이다. 이들은 더치 반 더 린드라는 몽상가의 이상 아래에 뭉쳐 있는 반사회적 공동체이다. 더치 본인의 말에 따르자면 이들은 범죄자가 아니라 법을 따르지 않고 자유를 추구하는 무법자이다(더치의 발언은 본래 무법자라는 개념이 법의 보호도 받지 못하는 노예, 천민 계층을 이르는 데서 유래했다는 점을 생각하게 한다). 이 때문인지 반 더 린드 갱단은 총잡이들로만 구성되어 있지 않고, 살림꾼, 사기꾼, 좀도둑, 요리사, 사채업자, 목사, 혹은 그저 식객 취급을 받는 이들 등 다양한 인원들로 구성되어 있다. 탐욕스러운 부자들만 털고 죽이는 의적은 전혀 아니지만, 적어도 본인들 스스로는 선을 지키며 이상을 추구하고 있다고 믿는다.

갱단이 와해하는 근본적인 이유도 거기에 있다. 아서 모건을 비롯한 몇몇 멤버들은 갱단이 위기를 맞은 와중에도 자신의 실수를 인정하지 않고서 오직 돈벌이에만 집착하는 더치를 보며 자신들이 믿고 따라왔던 이상이 무엇이었는지, 그런 게 있기는 한지 조금씩 의구심을 품는다(반대로 더치 입장에서 보자면, 늘 자신을 믿고 따르던 이들이 더 이상 자신을 신뢰하지 않는 듯이 구는 것을 보며 배신에 대한 의심을 품는다). 계속해서 도망치고, 자금 압박을 받고, 동료가 하나씩 죽어가는 와중에 갱단은 물적으로 정신적으로 붕괴되고 분열된다.

이쯤에서 게임 플레이의 측면을 살펴보자. 「레드 데드 리뎀션 2」는 기이하게도 많은 부분에서 반게임적이다. 이는 영화적이라는 의미가 아니다(물론 「레드 데드 리뎀션 2」가 서부극과 연결되어 있긴 하다). 여기서 반게임적이라는 말은 그간 무수한 게임들이 제공해온 편의성과 기본 문법을 위반하고 사실성을 추구하려 든다는 의미에 가깝다. 플레이어가 하는 많은 조작은 게임답지 않게 느리고 불편하다는 인상을 주는데, 대표적인 예를 세 가지 정도 들어보자.

1) 적을 죽인 뒤 전리품을 챙길 때

보통 게임에서는 죽은 적 근처로 가면 입수 가능한 물건들이 창 위에 뜬다. 이때 버튼을 누르면 그 물건들이 플레이어 캐릭터의 소지품 창으로 이동한다. 좀 더 편의를 제공하는 게임이라면 죽은 적 근처에 가기만 해도 자동으로 입수 가능한 물건들이 플레이어 캐릭터의 소지품 창으로 이동한다. 모바일 게임처럼 훨씬 더 편의성을 추구하는 게임이라면 전투가 끝난 뒤 보상이 자동으로 정산되기도 한다.

한데 이 게임은 그렇지 않다. 적 근처로 가서 시체를 뒤지는 버튼을 '길게' 누르고 있으면, 시체를 뒤적거리는 모션을 보여준 뒤에 소지품을 획득한다. 수많은 적을 죽였을 경우, 그들의 소지품을 모두 얻기 위해서는 시체 하나하나마다 그러한 과정을 반복하는 수밖에 없다.

2) 짐승을 사냥한 뒤 부속물을 챙길 때

보통 게임에서는 위에서 말한, 적을 죽인 뒤에 겪는 과정과 유사할 것이다.

이 게임은 그렇지 않다. 짐승 사체의 근처로 가서 버튼을 길게 누르고 있으면, 사체에서 가죽을 벗겨내는 모션을 보여준 뒤에 그 부속물을 획득한다. 짐승의 크기에 따라 플레이어 캐릭터가 가죽을 취급하는 방법도 다르다. 작은 짐승의 가죽은 주머니에 넣고 다니지만, 큰 짐승의 가죽은 어깨에 메고 다닌다. 당연히 크고 무거운 가죽은 여러 장 들 수 없고, 타고 다니는 말의 안장 뒤에 얹어두어야 한다. 말이 감당할 수 있는 수준까지만. 이러한 물품 관리 방식은 오늘날 게임은 물론 과거 게임들에서도 좀처럼 찾아보기 힘들다.

3) 상점에서 물건을 살 때

보통 게임에서는 점원과 대화할 때 판매 중인 물품이 진열된 구매 창이 뜰 것이고, 플레이어는 이 중에 원하는 것들을 골라 담아 한 번에 결제를 마친다. 인터넷 쇼핑과 유사한 방식으로 말이다.

하지만 이 게임은 그렇지 않다. 상점 안에 진열된 상품을 직접 둘러보며 원하는 것을 찾아 구매하거나, 상점에서 취급 중인 물품을 소개하는 카탈로그를 한 장씩 넘기며 살펴봐야 한다. 카탈로그에는 그 제품이 어떠한 제품인지, 그 제품에 얽힌 이야기는 또 무엇인지, 그 시절에 실제로 제작되었을 법한 책자처럼 만들어져 있다. 이를 보며 마음에 드는 물건이 있다면 하나씩 골라 구매해야 한다.

혹자들이 보기에는 '불편하고 귀찮을 뿐인' 이러한 반게임적 경험은 플레이어에게 무엇을 권유하는가? 이것을 어느 정도 가상의 게임이 아닌 진짜 삶으로 대하라고 권유하는 것처럼 보인다. 게임이 실행되는 동안은 이 가상 세계에 실제로 살고 있다는 느낌을 주려는 것이다. 높은 수준의 물리 엔진, 훌륭한 그래픽 기술로 보여주는 서부의 빼어난 경관 등도 이 진짜 같은 느낌에 기여한다. 실제 생태계를 이룬 듯이 생활하는 수백 종이 넘는 실제 동물들(중심 이야기와는 아무런 상관도 없는!)의 구현은 말할 것도 없다. 그 외의 디테일 또한 대단한데, 일례로 갱단에서 파티를 벌일 때 기타를 연주하는 인물의 손가락을 보면 들려오는 음악의 코드를 정확히 운지하고 있다. 게임 내에만 존재하는 책이 여러 권 있고, 이를 위해 디자인된 표지와 내용의 일부가 있으며, 수차례 발간되는 신문에는 다양한 기사가 꼼꼼하게 작성되어 있다.

진짜 삶으로 대하라는 권유. 나는 그 권유를 충실히 받아들였다. 나는 「레드 데드 리뎀션 2」를 하는 내내 즐겁지 않았다. 어떤 재미있는, 신나는, 멋진, 잘 만든 게임들을 할 때 느끼는 즐거움을 「레드 데드 리뎀션 2」를 하면서는 얻지 못했다. 그러나 기이하게도 나는 이 게임에 몰입했다. 이 게임을 하는 동안 나는 잠시나마 서부 시대에서 살고 있었다.

그런데, 이 게임에서 앞서 말한 '게임을 하고 있다는 느낌'이 아니라 '거기에서 살고 있다는 느낌'을 받는 일은 꽤 복잡한 경험이다. 왜냐하면 우리가 경험하는 것은 악인의 삶이기 때문이다. 현실 속의 나는 살인자는 커녕 도둑도 아니다. 나는 부모의 지갑은 물론이요, 문구점의 볼펜 한 자루조차 훔쳐보지 않은 사람이다. 그런데 이 게임에서 나는 피도 눈물도 없는 집행자 아서 모건이 되어 적을 냉정히 죽이거나, 때로는 약자에게 폭력을 행사하고, 강도, 살인 등 온갖 부도덕한 불법을 저지른다. 그러고서는 많은 시간 동안 딱히 반성도 없다. 아서 모건이 그때까지 그렇게 살아왔기 때문이다. 아서 모건처럼 살아오지 않은 나는, 나와는 전혀 다른 캐릭터가 현실감이 강조된 조작법을 통해 나의 신체와 연결된다는 점에서 기묘한 느낌을 받았다. 서로 다른 자아를 가진 두 생명체를 인위적으로 결합해 한 몸으로 만드는 괴기 실험과도 같은 경험이었다.

그래서인지 게임을 플레이하는 시간 동안 게임은 두 측면으로 분리되고, 완전히 맞물리지 않는다. 그 한편에는 매 순간 특정 인물에게 말을 걸면 진행되는, 일직선 플롯으로 구성된 한 편의 시네마틱 게임이 있다. 다른 한편에는 미 서부 시대를 고스란히 옮겨둔 듯한, 강도 생활과 수렵 활동을 주축으로 하는 무법자 시뮬레이터가 있다. 이 둘은 교집합을 이루지만 전체적으로 보면 온전히 하나가 되지는 못한다. 게임을 하는 나와 이야기를 이끄는 아서 모건이 온전히 하나가 되지 못하듯이 말이다.

그래서 가상의 무대에서 잠시 살라는 권유는 절반의 성공만 이룬다. 우리가 어떠한 시뮬레이터를 즐기면서 현실을 체험하듯이 느낄 수 있는 것은 그 안에 스토리가 없거나, 주연에게 부여하는 개성이 적어 주연 캐릭터가 곧 나를 대변하는 아바타 역할을 하기 때문이다 (이러한 수법은 롤플레잉 게임에서도 곧잘 쓰이는데, 캐릭터의 이름과 외형을 플레이어가 직접 설정하거나, 주인공 캐릭터가 한마디도 안 하거나 하는 식이다). 그러나 「레드 데드 리뎀션 2」는 그렇지 않다. 아서 모건은 개성이 명확하며, 대부분의 사람들은 아서 모건처럼 살지도 생각하지도 않는다.

그러나 이야기는 차츰 우리가 아서 모건에게 이입하거나 동조하게 되는 계기를 제공한다. 메리베스 등 갱단 내 인물에게 아서가 개인적인 고민을 털어놓을 때, 여러 교류와 사건을 겪은 뒤 갱단 식구들에게 친근함을 느낄 때, 아서가 지나간 사랑 앞에서 갈등할 때, 자신의 과거와 미래에 관해 고민할 때, 결국 자신이 저지른 일에 대해 죄의식을 느낄 때가 그렇다. 아서 모건의 그러한 면모들을 발견하고 우리는 그에게서 인간성을 확인하고 그에게 좀 더 이입하거나 동조하게 된다(이 순간 나는 내가 인간성의 면모를 죄의식에서 찾고 있다는 생각에, 인간성에 대한 나의 생각을 잠깐 재고한다).

극의 후반부로 넘어가며, 마침내 우리—아서와 플레이어—는 속죄를 통한 구원의 길redemption로 향한다. 리뎀션redemption은 리딤redeem과 관계되어 있는 단어다. 여기에는 속죄를 통한 (자기) 구원의 뉘앙스가 있다. 자신이 곧 질병으로 죽는다는 사실을 알게 된 아서 모건은 다가오는 죽음을 몸으로 감각하고 나서야 자신의 죄를 깨닫고 후회한다. 그리고 이를 속죄할 방법에 관해, 자신의 속죄를 통해 자신과 같은 죄를 저질러온 다른 이들을 죄인의 운명에서 건져낼 방법에 관해 고민한다.

아서의 죽음 이후, 에필로그가 짤막하게 정리되는 게 아니라 또 몇 시간 이상의 플레이를 해야 한다는 점은 여러모로 나를 힘들게 했다. 에필로그부터 플레이어는 아서 모건이 아닌 존 마스턴(아서의 형제와도 같은 동료이자 1편의 주인공)의 시점으로 게임을 이어가게 된다. 아서가 속죄하는 과정을 지켜보며, 또 컨트롤러로 직접 아서의 속죄를 행하며 아서의 죽음을 맞이한 직후에 존 마스턴으로 살아가는 건 또 한차례 기묘한 기분에 잠기게 했다.

'나는 아서가 아니다. 하지만 동시에 어느 순간부터 일정 부분은 아서다. 그리고 나는 이제 더 이상 아서가 아니다. 아서는 이 세상에 남아 있지 않다. 하지만 어째서인지 나는 여전히 이 세상에 남아 있다.' 게임을 플레이해본 이들이라면 이 슬프고 기이한 감정을 어느 정도 이해할 수 있으리라.

아서가 없는 세계를 그토록 오랜 시간 살아내야 한다는 것은 감정적으로 쓸쓸하고 참담한 기분이었다. 존 마스턴으로 플레이하는 에필로그는 아서 모건이 물려준 새로운 삶을 지켜내려는 존 마스턴이 일궈내는 노력의 시간이자, 아서 모건에 대한 추모의 순례길이다.

다시 게임 바깥으로 나와 게임을 살펴보자. 「레드 데

드 리뎀션 2」와 정치적 올바름 문제를 함께 이야기하는 것은 당연하다. 이는 물론 당대 메이저 게임들이 사회의 요구에 맞춰 정치적 올바름을 추구하려는 맥락이 있기 때문이지만 그뿐만은 아니다. 오히려 「레드 데드 리뎀션 2」의 정치적 올바름은 전통 서부극 역사의 연장에서 이야기되는 게 맞겠다.

초창기 싸구려 서부극들을 포함해 존 포드가 창조한 서부극의 초창기에서는 윤리적 고민이 없거나 덜하다. '인디언'은 제거해야 할 폭력적인 야만인으로 등장하고, 정복되다가 이후 수정주의로 넘어가며 인종 차별에 관한 반성이 극에 반영된다.

이후에는 성별에 관한 의식도 엿보인다. 「론 레인저」(1956)에서는 동부의 전통적 여성관과 대비되는, 상당히 파격적인 서부 여성(남성과 그 역할이 다르지 않은)이 제시된다(이 또한 전개되는 맥락으로 보면 비틀린 여성 혐오이며, 소가 뒷걸음치는 형식이긴 하지만 말이다). 「용서받지 못한 자」(1992)에 오면 창녀에게 상처를 입힌 카우보이들이 죽음을 맞는다. 클린트 이스트우드의 이 복수극은 지난 서부극 전체를 관통하는, 용서받을 수 없는 참회라는 점에서 아서의 용서받지 못하는 참회와 연결된다(아서가 망하게 한 농가의 여성은 이후 창녀가 되고, 이를 알게 된 아서는 용서받지 못할 것을 알고도 속죄한다).

이러한 맥락 아래에서 「레드 데드 리뎀션 2」가 보여주는 여성에 관련된 여러 이미지와 에피소드는 주목할 가치가 있다. 이 작품에서 정치적 올바름이 구현되는 방식은 일면 모순적이면서도 흥미롭다.

우선 반 더 린드 갱단은 여러 여성 인원을 포함한다. 여기에는 비전투 인원은 물론, 세이디 에들러 같은 전투 인원도 포함되어 있다. 갱단을 이러한 형태로 이미지화한 것은 「내일을 향해 쏴라」(1969)의 소재인 부치 캐시디의 와일드 번치 갱단이 반 더 린드 갱단의 모델이기 때문일 것이다. 실제로 부치 캐시디의 갱단은 여성 및 비전투 인원을 포함하는, 당시로서는 예외적인 무법자 집단이었으며, 열차를 털면서도 여성은 건드리지 않는 등 나름의 규율이 있었다(이는 「레드 데드 리뎀션 2」에도 반영되어 있다). 세이디 에들러는 원래 갱단 소속이 아니었다는 점도 있으나 크게는 여성이라는 이유로 총질을 하는 작업에서 배제되지만, 특정 시점 이후에는 반 더 린드 갱단의 주요 전력으로서 당당히 활약하게 된다(이러한 세이디 애들러의 이미지 변화는 「캣 벌루」(1965)의 제인 폰더를 떠올리게 한다).

아서 모건은 게임에 등장하는 창부들을 돈 주고 사지 않는다. 이는 같은 회사의 다른 작품인 「그랜드 테프트 오토 V」에서 매춘부를 살 수 있었음을 보자면 재미있는 부분이다. 그렇다고 여성이 씻겨주는 고급 목욕 서

비스까지 받는 아서 모건이 페미니스트일 리는 없다(참고로 아서 모건이 매춘부를 사지 않는 이유는 옛 애인을 잊지 못하는 순정파여서 그럴 것이라는 혹자의 의견이 있다).

어찌 되었든 아서 모건은 차별적인 발언을 여성에게 (거의) 하지 않는 편인데, 이는 아서가 여성을 평등하게 대하려고 노력해서가 아니라 그저 아서가 단순하기 때문이다. 아서는 단순하다. 아서에게는 애당초 남성과 여성의 역할이 다르다거나, 남성이 어떤 면에서 우월하다거나, 여성이 차별받고 있다거나 하는 생각이 없다. 아서가 복잡하게 도시화해가는 동부에 거부감을 느끼고 자유와 자연을 찾아 서부로 가고 싶어 하는 것도 이러한 아서의 단순성을 잘 드러내는 대목이다. 아서는 사실상 게임 내에서 거의 유일한, 진정한 무법자의 상징과도 같다. 아서는 국가 사회가 만드는 법과 문명을 거부하며, 이러한 시스템하에서 만들어진 성 역할과 편견 또한 받아들이지 않는다. 이러한 아서의 특수성으로 인해 아서는 본의 아니게 성 평등으로 여겨질 만한 행동을 하게 되기도 한다.

재미있는 에피소드 중 하나로, 아서 모건은 여성 투표권을 위해 투쟁하는 페미니스트들의 데모 행진을 돕게 된다. 이 과정에서 아서는 여성을 무시하는 한 남성을 손봐준다. 아서는 여성이 투표권을 가지지 못할 이유가 없다고 생각한다. 이는 여성과 남성이 동등하다거나 인권을 존중해야 한다는 측면에서가 아니라(앞에서 말한 대로 아서의 뇌는 그러한 관습적 주제에서 벗어나 있다), 아서가 보기에는 투표라는 것에 별 가치가 없기 때문이다. 아서 모건이라는 야생의 마초를 통해 「레드 데드 리뎀션 2」는 여성 평등에 관한 이야기를 남성의 시점에서 다룬다. 여성에게 무언가를 빼앗기고 있다고 생각하는 남성들은 역사 속에 늘상 있어왔으며, 이런 생각은 좀 (말 그대로 '충분히 남성적이지 않고') 지질한 것 같다는 점 말이다.

반 더 린드 갱단의 인물들과 그 도망의 여정을 보면, 존 포드가 「역마차」(1939)에서 보여준 군상들이 떠오른다. 그리고 결전의 순간에 들려오는 음악과 건 액션에서 보이는 경쾌함은 세르조 레오네의 작품을 떠올리게 한다. 서부 시대의 종언을 배경으로 이야기를 펼치는 「레드 데드 리뎀션 2」는 지난 서부극들 앞에 게임이 바치는 헌화다. 게임 역사상 열 손가락 안에 들어갈 만큼 훌륭한 게임인가? 내게 물으면 그렇다고 대답할 수는 없다. 그러나 이렇게 대답할 수는 있겠다. 이것은 서부극을 좋아하는 게이머라면 무조건 거쳐야 하는 게임이고, 서부를 배경으로 하여 나온 모든 게임 중에서는 최고이며 앞으로도 오랫동안 그럴 것 같다고.

흐르는 강물에 시간을 버리기: 낚시 게임 1

「피싱 심 월드」 「피싱 플래닛」 「러시안 피싱 4」
「얼티밋 피싱 시뮬레이터」

릭: 낚시는 경쟁이 아니야. 자연과 물고기와 하나가 되어야 해.

코리: 아침부터 술이 당기는 거면 그냥 그렇게 말씀하세요.

릭: 낚시는 인내를 배우는 스포츠야. 과학과 철학이 담겼지.

코리: 큰 물고기 잡으면 장땡이죠. 스포츠는 아니에요.

릭: 이건 스포츠야.

-리얼리티 쇼 프로그램 「전당포 사나이들」에서

　낚시는 스포츠인가 아닌가? 이에 답하기 위해 우선 스포츠의 정의를 물을 수 있다. 국립국어원 표준국어대사전은 스포츠를 "일정한 규칙에 따라 개인이나 단체끼리 속력, 지구력, 기능 따위를 겨루는 일"이라 정의하고 있다. 영영사전들도 대체로 이와 비슷하다. 하지만 낚시는 토너먼트 경기에 참가하는 게 아닌 이상 일상적으로는 딱히 규칙도 없고 겨루는 일도 없다. 그래도 낚시를 스포츠라고 부를 수 있을까?

위키피디아의 스포츠 항목에는 스포츠의 어원이 기술되어 있다. 이에 따르면 스포츠sports는 레저를 뜻하는 옛 프랑스어 desport에서 나온 단어이며, 1300년대에 영어로 처음 정의된 뜻은 "인간이 재미있거나 즐겁다고 생각하는 모든 것"[*]이었다. 이 정의를 따른다면 스포츠의 범위가 지나치게 넓어지는 것 같긴 하지만, 1300년대에는 콘솔 게임기도 없었을 테니까 낚시를 비롯해 사냥, 운동경기, 춤, 카드놀이 등이 겨우 즐거운 무엇이 아니었을까? 언급한 것들 대부분은 오늘날까지 스포츠 카테고리에 포함되는 것들이기도 하다. 어원을 통해 살펴보면 낚시가 스포츠로 분류되는 것도 납득이 된다.

그렇다면 낚시를 다룬 시뮬레이터는 게임인가?[**] 'e스포츠'라는 단어를 환기하지 않더라도 게임과 스포츠는 밀접한 관계다. 1958년에 윌리엄 히긴보덤이 오실로스코프로 「2인용 테니스 게임」을 만든 이래로 테니스를 비롯한 수많은 스포츠 종목은 새 게임기가 나올 때마다 게임으로 개발되어왔다(고전 비디오 게임 리뷰 영상 시리즈 「AVGN」의 등장인물인 AVGN은 "왜 실내에서까지 스포츠를 하고 싶어 하는지 모르겠다"라며 비아냥거리기도 했다). 낚시도 예외는 아니다. 아타리 2600 게

---

[*] ONLINE ETYMOLOGY DICTIONARY(https://www.etymonline.com), sports. 위키피디아의 스포츠 항목(https://en.wikipedia.org/wiki/Sport#cite_note-8)에서 재인용.

[**] 시뮬레이터는 게임인가? 그렇다면 게임은 무엇인가?

임기로 발매된, 아마도 최초의 낚시 게임이었을 「피싱 더비」(1980) 이래로 수많은 낚시 게임이 제작되었다.

문제는 낚시를 두고 스포츠인가 아닌가, 물을 수 있듯이, 낚시를 다룬 게임들이 대체로 이게 게임인가 아닌가 하는 물음에 직면할 수 있다는 점이다. 게임은 스포츠를 모방해 만들어진 그 태생대로, 현대 스포츠에 있는 경쟁적 요소와 규칙성을 기반으로 하여 독자적인 문법을 갖춘 장르이다. 그런고로 애초에 스포츠인지 아닌지도 애매모호한 낚시는 게임에 와서도 그 정체성이 모호할 수밖에 없는 듯하다. 아니, 일단 낚시를 굳이 게임으로 즐기고 싶어 하는 사람이 왜 이다지도 '애매하게' 많단 말인가? 낚시는 AAA 게임으로 만들기에는 수요가 부족하고, 아예 안 만들자니 꾸준하게 수요가 있는 어중간한 소재이다. 이 때문에 제대로 된 정통 낚시 게임을 찾기란 어렵다. 어떤 기업에서 대박 칠 가능성이 없는 게임에 막대한 비용을 투자하겠는가? 그리하여 애매한 수의 마니아만이 있는 낚시 게임은 대개 애매한 자본의 투자를 받아 애매한 완성도를 지닌 애매한 게임으로 출시된다. 확실한 IP를 확보한 프랜차이즈 위주로 돌아가는 요즘 게임 시장에서는 더더욱 그렇다. 오늘날 출시되는 낚시 게임들이 대부분 인디 개발사들의 작품인 이유다.

일단은 낚시 시뮬레이터를 계속 게임이라고 불러

보기로 하자. 그렇다면 제대로 된 낚시 게임이란 무엇일까?

이런 질문을 던져보자. 좋은 어드벤처 게임은 무엇일까? 탄탄한 이야기가 서사를 풀어내는 게임 시스템과 잘 어우러져 있다면 괜찮은 어드벤처 게임이라 할 수 있을 것이다. 좋은 전략 게임은 무엇일까? 흥미로운 테마가 녹아 있고, 전술을 구사하는 방법의 갈래에 깊이가 있으며, 난이도와 밸런스가 잘 조정되어 있다면 좋은 전략 게임이라 할 수 있을 것이다.

그렇다면 다시, 좋은 낚시 게임은 무엇일까? 기이하게도 좋은 낚시 게임이 무엇인지는 쉽사리 답변하기 어렵다. 낚시 게임을 즐기는 이들마다 낚시 게임에 대해 원하는 바가 너무나 다르다는 점도 문제다. 어떤 이는 실제 낚시와 비슷한 낚시 게임을 원한다. 이런 이들은 물고기가 사실적으로 분포되어 있고, 물고기를 낚는 방법이 실제와 비슷할수록 좋아한다. 어떤 이는 그저 쉼 없이 입질을 받기를 원한다. 어떤 이는 실제로는 쉽사리 낚을 수 없는 물고기(가령 대형 상어)들을 낚기를 바란다. 어떤 이는 강 낚시를 원하고, 어떤 이는 바다낚시를 원한다. 어떤 이는 세상 모든 물고기를 원한다. 그리고 희망과는 다른 게임이 나왔을 때 이들은 저주를 퍼붓는다. 그들이 흔히 내뱉는 "진짜 낚시와는 다르다"는 말은, 어쨌든 자신의 기대에 어긋났다는 말과 다르지 않다. 그런 뜻이 아니라면 그들은 분노를 쏟아내기 전에 그냥 진짜 낚시나 하러 갔을 것이다.

"현대 낚시는 지구상에서 가장 복잡하고 난해한 아웃도어 스포츠다. 수백 종의 물고기를 위한 수백만 개의 인조 미끼와 생물 미끼가 존재한다."[*] 낚시가 스포츠냐 아니냐 하는 문제를 떠나, 낚시가 생각보다 복잡하고 난해한 것이라는 저 미국 작가의 관점에는 동의한다. 그리고 내가 여러 낚시 게임에서 가장 먼저 살피는 것 또한 그 복잡성을 어떠한 방식으로 해석하고 구현해 놓았는가 하는 점이다. 수많은 낚시 게임은 이것을 성장level up을 통한 장비 해금이라는, 전형적인 CRPG식 구성으로 해결하고 있다. 가질 수 있는 장비와 잡을 수 있는 물고기를 구간별로 나누는 것이다. 플레이어는 물고기를 잡으면 성장하고, 성장하면 좋은 장비를 얻을 수 있고, 좋은 장비가 있으면 큰 물고기를 잡을 수 있고, 큰 물고기를 잡으면 더 빨리 성장할 수 있다. 즉, 성장 속도와 장비 가격과 물고기 무게가 정비례한다. 이러한 구조의 낚시 게임은 무한히 증식하려는 자본주의 모델과도 닮았다. 어떤 의미로 낚시 게임은 자본주의의 신에게 끝없는 기도를 드리며 제물을 바치는 의례 행위이다.

자본주의에 오염된 낚시 게임은 이 기본 공식에 '페

* 데이비드 조이·에릭 스토리, 「낚시를 하는 이유」, 『우아하고 커다랗고 완벽한 곡선』, 방진이 옮김, 현암사, 2020.

이 투 윈pay to win' 개념을 도입한다. 큰 물고기보다 더 큰 물고기를 잡으려면 좋은 장비보다 더 좋은 장비를 얻어야 한다. 이 장비를 얻기 위해서는 진짜 돈을 내야 한다. 큰 물고기보다 훨씬 더 큰 물고기를 잡으려면, 더 좋은 장비보다 훨씬 더 좋은 장비를 얻어야 한다. 이 장비를 얻기 위해서는 더 많은 진짜 돈을 내야 한다. 이것이 무한 성장을 위한 무한 소비를 부추긴다.

그러나 돈을 내는 게임이든 안 내는 게임이든, 물고기의 사이즈에는 결국 한계가 온다. 처음에는 블루길과 배스, 틸라피아, 송어를 낚기 시작하다가 점차 잉어, 노던파이크, 메기, 넙치, 그루퍼, 바이칼 상어, 그린란드 상어, 심지어 고래까지 잡게 된다. 그러나 그마저도 한계 무게가 존재하는 '진짜 어류'이므로 '무한 성장'의 걸림돌이 된다. 그래서 어떤 낚시 게임들은 현실을 벗어난다. 민담이나 상상 속에 등장하는 괴물들, 환상적인 어류, 혹은 어류가 아닌 것들까지 공략 대상으로 수중에 투입된다. 낚시터에 지겨워진 낚시꾼들이 새로운 낚시터를 찾아 다시 블루길부터 잡기 시작하기 전까지 말이다. 지루해질 때까지 거대 물고기를 남획하다가, 다시 이 모든 행위의 무의미함을 까먹은 듯이 작은 물고기를 잡으러 떠나는 것. 이것이 낚시 게임이다.

낚시 게임에 관해서는 이런 질문도 가능하다. 낚시 전문 웹진 『피싱 태클 리테일러Fishing Tackle Retailer』에서

데이비드 게스트라는 필자는 이런 질문이 담긴 글을 썼다. "우리에게 낚시 게임이 정말로 필요할까?" 이 글에서 게스트는 세 가지 주된 질문을 던진다.

1) 낚시 게임은 실제 낚시를 대체하기 위해 있는가?
2) 아니면 낚시 게임은 실제 낚시를 하고 싶은 가려움을 긁어주기 위해 있는가?
3) 또는 최신 기술에 익숙한 새로운 세대를 낚시로 끌어들이는 방법인가?

게스트의 질문에 「피싱 심 월드」를 만든 도브테일 게임스의 디렉터 마크 그린웨이는 이렇게 대답한다. "물론 실제 낚시가 낫지만 인생은 그렇게 간단하지 않다. 낚시하러 갈 시간이 없을 때도 우리는 집에서 낚시를 즐길 수 있다." 실제로도 낚시광이라는 그의 말을 따르자면, 결국 낚시 게임은 낚시하러 갈 시간이 없을 때조차 낚시를 하고 싶은 낚시광들을 위해 만들어지고 있는 것 같다. 다른 직업 시뮬레이터 또는 스포츠 게임을 즐기는 이들 중 실제로 그 직업을 갖고 있거나 운동을 하는 이들의 수는 많지 않다. 그러나 낚시 시뮬레이터를 즐기는 이들 중 다수는 실제 낚시꾼이다. 스포츠이든 아니든 낚시는 정말로 무서운 취미인 게 분명하다. 사이버 낚시터는 절대로 실제 낚시터보다 훌륭하지 않은 모조 공간이지만, 낚시 중독자들을 달래주는 역할은 해내기 때문에 끝없이 생산되고 있는 저질 마약에 가깝다.

당대 낚시 게임 중 몇 개를 시뮬레이터에 한정해 살펴보자. 우선 「피싱 플래닛」과 「러시안 피싱 4」가 있다. 「피싱 플래닛」은 낚싯대와 미끼, 낚싯줄을 고르는 것은 물론 봉돌 무게와 낚싯줄의 길이까지 고려해야 한다. 「러시안 피싱 4」는 이에 더해 캠프파이어, 어류 매매 등 실제 낚시의 주변부를 이루는 요소까지 자질구레하게 넣어두었다. 이 두 게임이 가진 이러저러한 디테일과 낚시 메커니즘이 개중 실제와 가장 가까운 것으로 보인다. 물론 현실에서는 레벨이 낮다고 장비를 못 쓰게 하고 그러진 않는다. 「피싱 플래닛」과 「러시안 피싱 4」는 앞서 언급한 페이 투 윈 구조를 취하고 있다. 좋은 장비를 쓰려면 레벨을 올려야 하고, 레벨을 올리려면 돈을 써서 좋은 장비를 사야 한다. 장비에 걸어두는 레벨 제한은 그들이 내세우는 '리얼함'에 헛웃음마저 짓게 한다. 또한 낚시에 관해 과몰입 경향이 있는 낚시꾼들은 게임 대 게임으로 비교하지 않고 현실 대 게임으로 비교하기 때문에 이런 게임들마저도 캐주얼하다고 말한다. 이들의 말에 귀를 기울여보면 사실적인 낚시 게임이란 아직 세상에 존재하지 않는다.

「얼티밋 피싱 시뮬레이터」는 「피싱 플래닛」에서 많은 점을 참고하고 더 간략화한 게임이다. 바이칼호, 모레

인호, 카리바댐, 그린란드 등 전 세계의 어장을 돌아다니며 간단히 낚시하는 기분을 내기에 적합하다. 깊이 파고들 만한 요소는 적어 아쉽지만 페이 투 윈 구조를 취하고 있지 않아 합리적인 가격에 사이버 낚시를 즐길 수 있다. 앞서 언급한 두 게임보다는 그래픽이 조금 더 낮다는 것도 장점이다.

「피싱 심 월드」, 「배스마스터 2022」 등은 여러모로 앞선 게임들과는 대척점에 서 있다. 제작사 도브테일 게임스는 언리얼 엔진을 활용해 게임을 만든다. 낚시 게임을 하는 아저씨들 대부분이 저사양 컴퓨터를 쓴다는 점을 감안했는지 그래픽은 적당한 수준에서 구현해냈지만 이마저도 낚시 게임계에서는 가장 훌륭하다. 장비에 제한을 두지 않아, 무조건 고가의 장비를 추구하기보다는 실제 낚시용품 브랜드에서 협찬받은 다양한 장비를 가지고 실제로 존재하는 유명 어장을 재구현한 사이버 공간에서 사이버 낚시를 경험할 수 있도록 만들었다. 게임패드를 완벽하게 지원해 물의 저항이나 물고기의 힘에 따라 패드의 진동을 꽤 세세하게 구현해두고 있다.

문제가 없는 것은 아니다. 그중 하나는 낚시 메커니즘이다. 줄을 감고 풀어주는 것을 반복하는 낚시가 별다른 변수 없이 반복되는데, 이는 현실에서는 가끔씩 잡을 수 있을 런커급* 배스를 게임이라는 이유로 반복해서 낚을 때 문제가 된다. 고작 배스 한 마리를 낚는 데 드는 시간이 지나치게 길게 느껴지는 것이다. 또 다른 하나는 도브테일 게임스의 개발 방침에 문제가 있다는 점이다. 하나의 게임을 오랜 시간 유지 보수하는 작금의 여러 인디 게임 게임사와 달리 도브테일 게임스는 게임 출시 후 1, 2년이 조금 넘으면 그 게임을 버리고 새 게임을 출시한다. 문제는 새로 출시하는 게임이 이전에 출시한 게임을 거의 복사해서 붙여넣는 듯이 비슷하다는 점이다. 고작 몇 년 사이에 「유로 피싱」에서 「피싱 심 월드」로, 「더 캐치」로, 「배스마스터 2022」로 거의 제목만 바꿔 출시한 그들의 행보에 많은 낚시 게이머들은 실망하고 있다.

낚시 게임들에 하나씩 빠져 있는 이 나사를 다 모아서 제대로 된 낚시 게임 하나를 만들어줄 제작사가 등장하는 날이 올까?

처음 질문으로 돌아갈 시간이다. 낚시는 스포츠인가? 성취를 위해 인내하는 일—그것이 물고기를 낚을 때까지 기다리는 일이든, 진짜 제대로 만든 낚시 게임이 나올 때까지 기다리는 일이든—을 정신의 마라톤에 빗댈 수 있다면 낚시는 스포츠가 맞을 것이다. 스포츠

---

* 대어를 뜻하는 낚시 용어. 주로 배스 낚시에서 50센티미터 이상의 물고기를 이른다.

가 대결을 포함한다면 낚시는 바로 시간과의 대결을 다루고 있다. 시간이라니, 그야말로 무자비한 상대 아닌가? 아니나 다를까, 흔히들 낚시를 두고 "시간을 낚는 일"이라고 한다. 이 말을 조금 다른 관점에서 본다면, 낚시는 우리 인생에서 쓸데없이 많은 시간을 강바닥에 버리고 오는 일이라고 할 수 있겠다. 이러한 맥락에서 낚시 게임의 최대 장점이 발현된다. 무거운 짐을 챙긴 뒤 차를 타고 멀리 떠나는 고생 없이, 방 안에 편히 앉아—혹은 누워—강바닥에 시간을 버릴 수 있다는 점이다. 우리는 낚시 게임을 통해 이동에 낭비되는 시간 없이 훨씬 효율적으로 시간을 버릴 수 있다.

흐르는 강물에 시간을 버리기: 낚시 게임 2

「폭조일본열도」 「겟 배스」 「낚시광」

많은 스포츠 게임은 유사한 문제를 안고 있다. 현실 스포츠라는 원본을 모방하는 것인 만큼 여러 작품이 죄다 엇비슷해 보인다는 것이다. 특히나 리얼 시뮬레이터를 표방하는 낚시 게임은 그 정도가 심하다. 만듦새와 세부 특징에 조금씩 차이가 있긴 하지만, 「피싱 플래닛」과 「러시안 피싱 4」와 「얼티밋 피싱 시뮬레이터」와 「피셔 온라인」 사이에 유의미한 차이가 있는지는 잘 모르겠다. 그 게임들은 만듦새를 제외하면 다 엇비슷하다. 자연에서 여러 종류의 물고기들을 잡는다. 팔아서 돈을 벌고 더 좋은 낚싯대를 사면 끝이 난다. 이는 시간대를 조금 더 거슬러 올라가 「배스 프로 숍: 더 스트라이크」 같은 게임을 봐도 크게 다르지 않다.

이는 게임적인 것과 사실적인 것이 수면에서 충돌하는 현장이다. 사실성을 추구할수록 개별 작품에서 경험할 수 있을 게임적 특징과 멀어지고 밋밋함만이 남는다. 실제 낚시를 통해 경험할 수 있는 짜고 비린 바닷바람, 생물을 건져 올리고 만질 때의 이질적인 감각 등이 가상 낚시에서는 사라지고 시각 이미지의 모사만 남기 때문이다. 그러나 오늘날에도 낚시 게임들은 낚시에 미쳐 집에서도 낚시해야 하는 사람들을 유인하듯이 틈틈이 출시되고 있다. 물론 그 게임들은 저질 미끼이고, 물고기가 된 낚시꾼들은 저질 미끼인 것을 알고 있으면서도 냅다 문다. '낚시하고 싶다'는 열망의 허기 앞에서 대안이 없기 때문이다.

한편 게임적인 것을 추구할수록 사실성과는 멀어진다. 이 또한 나름대로 두 가지 문제가 발생하기 때문인데, 실제 낚시를 즐기는 이들은 가상 낚시가 실제와 동떨어질수록 불만족을 느낀다. 그리고 게임적인 특징을 강화할 것이라면 굳이 낚시를 소재로 할 이유는 없다는 문제도 있다. 방향키로 조작하는 게임 하나를 상상해보자. 아이돌 캐릭터를 조작해 음악 리듬에 맞춰 춤추는 게임, 그리고 물고기가 움직이는 방향에 맞춰 버튼을 누르는 게임. 둘 중 어떤 게임을 하고 싶은가? 대부분은 전자를 하고 싶을 것이고 나 또한 그렇다. 그럼에도 불구하고 후자 같은 게임들 또한 잊을 만하면 출시되는데, 아마도 낚시에 미친 게임 개발자가 주도해서, 또는 모든 것을 낚시와 연관 짓고 싶어 하는 낚시꾼들의 주머니를 털기 위해서 만들어지는 B급 게임들이다.

사실성을 추구하는 고전 낚시 게임 중 오늘날 살펴봄 직한 게임이 없는 것은 아니다. 「폭조일본열도」(1998)는 거친 바다를 마주하고 대어와 결투를 벌이는 게임인데, 모니터 전체를 덮을 듯이 출렁이는 바다 앞에 선 낚시꾼을 조작하노라면 거대한 자연이 내뿜는 기세 같은 게 느껴진다. 몇 분간 사투를 펼친 끝에 다랑어를 낚아내고 나면 '이겼다'는 느낌을 생생하게 받을 수 있는 게임이다.

「겟 배스」(세가 배스 피싱, 1997)는 아케이드 분위기가 잘 녹아 있는 게임이다. 제한 시간 동안 배스들을 낚아 정해진 무게를 넘어서는 것이 목표다. 90년대 세가 특유의 쿨하고 세련된 느낌, 수중에서 펼쳐지는 세밀한 루어 액션, 그리고 동사의 레이싱 게임 「아웃런」과 유사한 '시간과의 대결' 등이 잘 맞물리며 아주 사실적이진 않으면서도 사실성에서 완전히 벗어나진 않은 멋진 게임으로 남았다.

국내 게임 중에서는 「낚시광」(1994)이 인상적이다. 게임을 시작하면 A4 문서가 잔뜩 쌓인 책상 앞에 앉은 사무원(아마도 만년 대리나 과장급)이 보인다. 왜 낚시 게임이 피폐한 사무원의 몰골을 보여주며 시작되는 것일까. 그의 머릿속에 떠오르는 상상의 낚시터를 이 게임이 담아내고 있다는 뜻일까? 아니다. 이 게임은 그러한 상상을 시각화하는 데서 그치지 않는다. 이 게임은 실제로 사무원이 업무 시간에 가상 낚시터로 떠나는 것을 전제하고 있다. 본격적인 게임에 들어서면 2D 그래픽으로 제법 미려하게 그려낸 저수지가 펼쳐진다. 에메랄드빛 수면이 빛나고, 새가 울며 날아가고, 멀리서 개 짖는 소리도 들린다. 컴퓨터 앞에 앉은 사무원은 마우스를 움직여 낚싯대에 찌와 바늘을 달고 미끼도 채운다. 마우스를 살짝 끌어당겨 낚싯줄을 던진다. 수면에 떠 오른 찌가 푹 잠길 때까지 모니터를 노려본다. 회사에 일이 없는 것은 참아도 노동자가 농땡이 피우는 것은 절대로 못 참는 사장이 사무실 순찰을 돌기 시작한다. 찌를 쳐다보느라 사장이 코앞까지 다가오는 것도 몰랐던 사무원. 속으로 아차, 하면서 잽싸게 스페이스 바를 누른다. 이러할 때를 대비해 스페이스 바를 누르면 아무 의미 없는 통계 그래프를 모니터에 띄우는 기능을 게임에서 제공하고 있기 때문이다. 그야말로 낚시에 미쳐 사무실에서조차 낚시를 해야 하는 '낚시광'들을 위한 게임인 셈이다. 「낚시광」은 실제 낚시에서 고려할 만한 요소를 제법 세심하게 반영했는데, 만들어진 시기를 감안하자면 오늘날 리얼 시뮬레이터 장르의 대선배 중 하나로 보아도 무리가 없을 것이다.

지금 기다리고 있는 게임은 「콜 오브 더 와일드: 디 앵글러」로, 「더 헌드: 콜 오브 더 와일드」의 개발사 익스펜시브 월즈에서 만든 후속작이다. 「더 헌드: 콜 오브 더 와일드」는 실존하는 자연공원에서 사슴, 늑대 등 야생 동물을 사냥하는 수렵 시뮬레이터다. 꽤 높은 리얼리티를 기반으로 한 게임으로, 동물을 사냥하기 위해서는 울음소리와 발자국, 분비물 등의 흔적을 좇아 긴 시간 동안 인내심을 가지고 조심스럽게 추적해야 한다. 24시간 내내 변화하는 빛에 따라 달라지는 자연경관을 빼어난 그래픽으로 구현하고 있기에 그저 걷는 것만으로도 평화롭게 산책하는 느낌을 받을 수 있다. 이런 개발사에서 만드는 낚시 게임이라니 기대되지 않을 수가 없다. 리얼 시뮬레이터를 표방하는 낚시 게임에서 가장 중요한 것은 최대한 사실적으로 구현해내는 그래픽과 시스템이기 때문이다. 이 게임은 한동안 B급 게임들이 난립했던 리얼 낚시 시뮬레이터계를 평정할 게임으로 기대된다. 만약 훌륭한 낚시 게임이 아니라면 사이버 낚시 9단 내놓겠다. 훌륭한 게임이면 사이버 낚시 10단이 되는 거고, 틀리면 이후부터는 사이버 낚시 8단이 되는 걸로.

흐르는 강물에 시간을 버리기: 낚시 게임 3

「콜 오브 더 와일드: 디 앵글러」, 「릴 피싱 로드 트립 어드벤처」,
「오필리어 호수 아래의 미스터리」

한 주간 「콜 오브 더 와일드: 디 앵글러」를 즐겼다.
내가 앞서 뭐라고 했던가? "한동안 B급 게임들이 난립
했던 리얼 낚시 시뮬레이터계를 평정할 게임, 만약 훌
륭한 낚시 게임이 아니라면 사이버 낚시 9단을 내놓겠
다, 훌륭한 게임이면 사이버 낚시 10단이 되는 거"라고
분명히 말했다. 오늘부터 나는 사이버 낚시 8단이다.*

「콜 오브 더 와일드: 디 앵글러」는 출시 후 혹독한 비
판을 받았다. 솔직히 게임 자체만 놓고 보면 좀 부당한
평가이기도 했다. 끔찍하게 못 만든 게임은 아닌데, 다
만 덜 만든 게임이고, 많은 이들의 기대와는 조금 달랐
던 게임일 뿐이었다. 앞으로 계속 개발해나가면 괜찮은
게임이 될 가능성은 있으니 주시할 생각이다.

게임을 잠깐 살펴보자. 「콜 오브 더 와일드: 디 앵글

---

* 박지원은 "윤석열 대통령과 낸시 펠로시 미국 하원의장이 안 만나면 정치
9단을 내놓겠다"라고 말한 뒤에 곧 정치 8단이 됐다.

러」는 낚시를 주 콘텐츠로 하는 심리스 오픈월드 멀티 플레이 게임이다. 사실 이 점은 이상한 특징인데, 낚시 게임에서 오픈월드라는 개념은 별로 중요하지 않기 때문이다. 대부분의 낚시 게임은 특정 낚시터를 중심으로 제한적인 활동이 가능하도록 만들고 있다. 어차피 낚시가 주 콘텐츠인 만큼 낚시 아닌 다른 행위를 할 이유는 없으니까. 낚시 게임들은 자동차를 몰거나 산에 올라가는 대신에 낚시와 관련된 다른 콘텐츠를 제공한다. 순위표를 공개하고, 수족관이나 박제를 만들고, 주간 낚시 대회를 여는 등의 콘텐츠를 통해 수집욕을 충족시키게 하거나 다른 낚시꾼들과 경쟁하게 만든다.

반면에 「콜 오브 더 와일드: 디 앵글러」는 현재로서는 위에 언급한 콘텐츠가 하나도 없다. 그 대신에 미션이 있고, 물고기가 아닌 다른 요소들—버섯, 꽃, 오래된 동전 등—을 수집하는 요소가 있고, 지프차도 몰 수 있고 산에도 오를 수 있다. 멋진 풍경을 감상하고 그 지역에 얽힌 역사적인 이야기(아메리카 원주민을 몰아낸 폭력의 역사, 자연재해 등)를 들을 수 있다. 즉 지금의 모양새로 보자면 「콜 오브 더 와일드: 디 앵글러」는 하드코어 낚시 시뮬레이터가 아닌 산책 시뮬레이터에 더 가깝다. 자연 속에서 경치를 즐기는 것에 낚시를 더한 꼴이다.

나는 아름다운 자연을 마음껏 즐겼다. 산에도 오르

고, 화려하게 핀 꽃들 속을 달려도 보고, 사실적인 그래픽으로 구현해낸 그것이 절대로 현실이 아니라고, 가상 세계에 빠지지 말라는 듯이 경고처럼 등장하는 글리치—사이버 유령들도 만났다. 그것은 나름대로 즐거운 경험이었다. 하지만 나는 그런 경험들보단 그냥 속 편하게 낚시나 즐겼으면 했다. 도대체 뭐가 문제인 걸까? 멀쩡한 게임을 만들던 개발사조차 제대로 된 낚시 게임은 만들어내지 못하는 이유가 무얼까? 어쩌면 인류는 멀쩡한 낚시 게임을 만드는 법을 잊어버리고 만 것이 아닐까?

「릴 피싱 로드 트립 어드벤처」(2020) 같은 게임을 보면 그런 의혹은 더 짙어질 수밖에 없다. 이 게임은 애니메이션풍으로 그린 캐릭터들이 등장하는 비주얼 노벨 장르와 낚시가 결합한 괴작이다. 대학 낚시부의 세 명 아사히 슌, 타카나시 아키, 쿠라하시 린은 여름방학 기간에 전설의 물고기를 찾아 떠난다. 그런데 낚시부라니, 일본에는 대학에 낚시부가 있는 것이 일반적인가? 일본 대학의 동아리 사정을 잘 아는 사람이 있다면 내게 알려줬으면 좋겠다.

낚시가 소재라는 점 외에 이야기는 진부하다. 주인공 아사히 슌은 몸이 먼저 나가는 열혈남이고, 타카나시 아키는 덜렁대는 아사히를 챙겨주는 믿음직한 친구다. 그리고 쿠라하시 린은 그 둘을 보며 야릇한 망상을 하는 동인녀. 본편인 낚시는 미니게임 수준으로 단순한데 그래픽은 2000년대 초반 수준이다. 문제는 이것이 2020년에 플레이스테이션 4로 발매된 게임이라는 것이다. 도대체 왜 이러는 걸까? 매우 조악한 품질의 그래픽으로 뻔뻔하게 출시된 이 작품을 보노라면, 시대착오가 시각적으로 구현되어 있다는 점에서 기괴함마저 느껴진다.

어쩌면 이 기괴함은 의도된 것인지도 모른다. 낚시라는 행위 자체에 서려 있는 얼마 정도의 기괴함과 두려움, 그리고 '쓰레기 게임(쿠소게)' 같은 낚시 게임의 속성을 결합해 호러, 미스터리 테마의 게임을 만드는 개발자들이 실제로 있기 때문이다. 「오필리어 호수 아래의 미스터리Mysteries Under Lake Ophelia」(2021)에서 플레이어는 한 소년이 되어 오필리어 호수 근처에 텐트를 치고 낚시를 즐긴다. 2021년에 출시한 게임이지만 그래픽은 「젤다의 전설: 시간의 오카리나」(1998)보다도 못하고, 낚시 시스템 또한 그와 비슷한 수준으로 단순하다. 사운드만 들으면 평화로운 낚시 여행 분위기이지만, 시대착오적인 그래픽은 어딘가 음침하고 불쾌한 느낌을 준다. 소년의 텐트 옆에서 불을 피우고 낚시 도구를 팔고 있는 의문의 사나이 역시 불편한 느낌을 주는 것은 마찬가지다. 그리고 오필리어호는 금붕어, 배스, 참치, 피라냐와 고대 물고기 등등이 모두 서식하는 이상한 호수다. 한참 낚시하면서 게임을 진행하다 보면 소년은 여인의 모습을 한 루어를 얻게 된다. 그리고 호수 중앙의 가장 깊은 곳으로 그 여인 루어를 던지면, 여인은 오필리어호의 깊고 깊은 곳으로 가라앉으며…… 소년에게 무슨 일이 일어났을 것 같은가. 뒤는 글로 쓰기 어려워 상상에 맡긴다.

나는 「콜 오브 더 와일드: 디 앵글러」의 비포장도로에서 지프차를 몰다가, 낚시 게임에서 차나 몰고 있을 거면 그냥 차 모는 게임을 해야겠다고 생각을 바꿨다. 출시되자마자 비평가와 게이머 모두에게 극찬을 받았던 「포르자 호라이즌 5」를 플레이했다. 엄청난 속도감과 생생한 현장감, 고르지 못한 노면을 달릴 때의 충격이 레이싱 휠을 쥔 손바닥 전체에 강력하게 전달되어왔다. 그래, 이게 게임이지.

강조된 허구에 열광한다는 것

「아이돌 마스터 스탈릿 시즌」

「아이돌 마스터 스탈릿 시즌」을 하고 있다. 유명 게임 시리즈 「아이돌 마스터」의 최신작으로, 연예 기획사 프로듀서가 되어 29명의 아이돌 캐릭터를 성장시키고 유명 아이돌 그룹으로 일궈내는 게 목표다. 이제껏 발표된 작품이 많은 시리즈이지만 나는 이번에 처음 '아이마스'를 접했다. 이 글을 처음 시작할 때 스스로 오타쿠가 아니라고 해놓고는 오타쿠 아니면 절대로 하지 않을 게임이나 하고 있으니 참으로 꼴이 웃기다.

아이마스까지 오게 된 건 애니메이션 때문이다. 그 어느 때인가 「케이온!」을 보았던 게 시작이었다. 「케이온!」은 고등학교에 다니는 여고생 다섯 명이 경음악(케이온, けいおん)부에 가입하고 아마추어 록밴드 활동을 펼치며 겪는 일상사를 다룬 작품이다. '미소녀'가 중심인 애니메이션은 그전까지 한 편도 본 적이 없었는데, 영상을 보기 전에 들었던 음악이 좋았기에 호기심이 일

었다. 애니메이션을 보면서는 소소하게 그려내는 사랑스러운 일상에 자주 감동했다.

「케이온!」을 본 뒤에 작품 외적으로 재미있었던 건 성우들이 악기를 연습한 뒤에 실제 라이브 콘서트를 가졌다는 점이었다. 일찍이 작품에 아이돌 캐릭터가 등장했던 「초시공요새 마크로스」의 경우에도 민메이의 성우인 이지마 마리가 가요 무대에서 마크로스 주제가를 부른 적은 있지만, 이지마 마리는 성우이기 이전에 가수이기도 했을뿐더러 그 무대는 민메이가 아닌 이지마 마리로 선 것이었다(설령 많은 오타쿠가 무대에 선 이지마 마리를 민메이라 생각하고 보았다고 하더라도). 그런데 「케이온!」의 경우는 전문 성우들이 실체화된 캐릭터처럼 실제 콘서트 무대에서 노래를 부르고 또 성우 연기를 펼친다는 점이 기이하고도 흥미로웠다.

이러한 호기심을 더 충족시키고자 미소녀 음악 애니메이션 「아이돌 마스터」「러브 라이브!」「아이카츠!」「뱅 드림!」 등의 몇 작품을 쭉 살펴보게 되었다. 작품들마다 만듦새엔 큰 차이를 보였는데, 대체로 게임을 원작으로 둔, 게임 판매를 촉진하기 위해 제작되었던 작품들(「아이돌 마스터」「아이카츠!」)의 수준은 낮은 편이었고, 처음부터 미디어믹스를 전제로 시작된 프로젝트들(「러브 라이브!」「뱅 드림!」)은 그보다 조금 나은 수준이었다. 전반적인 스토리들은 별거 없었지만 작중에서 콘서트를 그려내는 대목들은 역시 재미있었다. 마치 실제 콘서트를 보여주듯 연출하고 있었고, 그 순간 애니메이션 시청자들이 콘서트장의 관객이 되는 경험을 선사하려는 듯했다. 이 경험은 또한 성우들이 성우 연기를 하며 공연을 펼치는 실제 콘서트장으로 이어졌고, 관련 영상들을 유튜브에서 수도 없이 찾아볼 수 있었다. 마치 애니메이션 속에 등장하는 관객을 연기하는 것처럼 보이는 그 실황 영상 속 오타쿠들은 자신이 애니메이션의 일부가 된 듯한 그 순간이 얼마나 행복했을까(뭔가가 다 조금씩 뒤죽박죽, 기이해져 버린 것만 같지만 행복하다면 OK입니다).

「케이온!」을 제외한 나머지 작품들을 살피는 일은 솔직히 꽤 고통스러웠음을 고백한다. 「케이온!」을 볼 때도 일본 애니메이션 특유의 '모에'* 요소가 없지 않아 약간 진입 장벽을 느꼈으나, 「케이온!」 정도는 오타쿠가 아니더라도 즐길 수 있는 작품인 것 같다. 아마도 작품의 만듦새 자체가 워낙 빼어난 탓도 있겠고, 캐릭터의 수가 많지 않기 때문이기도 할 것이다.

특히 시리즈로 기획된 작품일수록 많은 캐릭터의 수가 문제인 것 같다. 이야기에 등장하는 캐릭터라면 저마다 개성적이어야 하기에(창작자 혹은 시청자가 그렇

---

* 복합적인 개념이나, 간단히는 오타쿠 문화 속에서 기호화된 매력 요소를 가리킨다.

게 생각하기에), 그 캐릭터들은 저마다 특징 한둘씩을 나눠 가진다. 머리 색깔과 스타일이 서로 겹치지 않게 배분하고, 패션과 성격과 취미와 가정환경을 달리 부여받는다. 주요 캐릭터의 수가 적다면 덜 문제시된다. 등장인물의 수가 적을수록 한두 가지의 개성 외에는 공통적으로 갖는 요소도 많아서, 그나마 평범한 인간에 가까울 수 있는 것이다. 그러나 캐릭터가 늘어날수록 그 각각이 다른 수많은 캐릭터와 명확히 구분되어야 하기에 창작자들은 캐릭터들의 개성을 유전적 돌연변이처럼 강화해둔다. 그리하여 정신이 산만해서 잘 넘어지는 캐릭터는 등장할 때마다 꼭 넘어지고(관절에 문제가 있는 게 틀림없다), 성격 안 좋은 캐릭터는 상황을 가리지 않고 화를 내며, 먹보 캐릭터와의 대화는 늘 먹는 이야기로 귀결되고 만다.

이 캐릭터들을 보고 있노라면 「기동전사 건담」에 등장하는 강화인간이 떠오른다. 신체의 특정 부위를 강화시킨 탓에 이상행동을 보이는 강화인간처럼, 미소녀물의 캐릭터들 역시 자신을 구매할 소비자들을 위해(이러한 작품들은 대개 캐릭터를 팔아먹는 게임과 연계된다) 특정 요소를 병적으로 어필하는 저주에 걸려 있는 셈이다.

이 수많은 캐릭터를 모에의 저주에서 해방시킬 수 있을까? 리브레 위키Libre Wiki에서 '모에'를 검색해보니 게임 개발자가 모에를 초정상 자극Supernormal Stimuli이란 개념과 연결 지어 설명한 바 있다고 한다. 초정상 자극은 생물학자 니코 틴버겐Niko Tinbergen이 제시한 개념인데, 자세한 내용은 생물학을 모르면서 어줍잖게 설명하는 것보다 여러분이 직접 알아보는 편이 더 좋을 것 같다. 어쨌든 가짜 인간들에게는 죄가 없고 진짜 인간들에게는 죄가 크다는 이야기. 그래도 후타바 안즈*는 최고다.

---

* 「아이돌 마스터」의 등장인물 중 하나로, '니트돌NEET+IDOL'이라는 특징을 가지고 있다. 돈을 빨리 왕창 벌어서 더는 일하지 않기 위해 아이돌을 한다는 설정. 여러 방면에 천재적인 소질이 있으나 게을러서 만사를 적당히 대충 하는 캐릭터.

방치형 게임은 왜 하는 거야?

「멜보르 아이들」

게임에 돈과 시간을 쓰는 사람들이 어느 때보다 많아졌다. 특히 모바일 게임 시장은 벌어들이는 수익 면에서든 사용자 수 면에서든 어느덧 게임 시장의 주류가 됐다. 많은 이가 모바일 게임을 쾌적하게 즐기기 위해 고성능 스마트폰을 구매하고, 또 발열을 우려해 스마트폰 내에서 게임 성능을 강제로 제약하는 게 기업 이미지에 큰 타격을 입히는 문제로 번진다.

게임에 죽고 못 사는 나지만 언젠가부터 모바일 게임은 거의 하지 않게 됐다. 크게 두 가지 이유 때문이다. 하나는 인 앱 결제. 나는 지속적으로 돈을 지불해야 다음 콘텐츠를 즐길 수 있거나 또는 돈을 써야 승리할 수 있는 구조로 만들어진 게임을 좋아하지 않는다. 나는 그 자체로 완결된 작품을 좋아한다. 내가 작품에 돈을 냈다면 어떻게든 완결을 보여줘야지, 작품을 즐기는 도중에 '여기서 더 진행하려면 돈을 내세요'라고 요구받는 건 싫다. 이런 결제 방식은 게임 구조나 내용에까지 영향을 미친다.

　다른 하나는 방치형 게임 때문이다. 꽤 오래전부터 다수의 모바일 게임에서는 '자동 사냥'이라 불리는 시스템이 존재해왔다. 이는 PC에 비해 상대적으로 모자란 스마트폰의 성능, 조작의 불편함, 게임에 시간을 덜 쏟고 성장의 기쁨을 맛보고 싶은 소비자의 니즈 등 여러 가지 사정이 더해져 탄생한 시스템일 텐데, 나는 이 반게임적인 요소가 마음에 들지 않았다. 내가 조작하지도 않는데 무슨 게임이야? 해외에서는 '아이들idle'이라 부르는 이 장르는 플레이어가 최소한의 명령만 내리면 자동으로 게임이 진행된다. 게임을 꺼둔 순간에도 진행은 계속되고, 플레이어는 가끔씩 게임에 접속해 그간 얼마나 진행되었는지를 확인만 하면 된다.

　방치형 게임이 게임이냐 아니냐를 따지는 건 나중으로 미루고, 방치형 게임을 하는 사람들의 심리와 그 느낌이 늘 궁금했다. 누구나 단순한 이유 정도는 들 수 있을 것이다. 가령 1) 현대인은 늘 시간에 쫓기느라 바쁘다. 게임을 할 시간은 없는데 게임은 하고 싶다. 그래서 방치형 게임을 통해 대리만족을 추구한다. 또는 2) 캐릭터를 성장시키기 위해 내 손으로 직접 캐릭터를 조작해 시간을 쏟는 것은 귀찮고 낭비다. 나는 내 캐릭터가 성장한 모습을 보고 싶은 것이지, 내가 직접 캐릭터를 성장시키고 싶은 것은 아니다. 그러니까 귀찮은 일은 컴퓨터(하인)에게 맡기고, 나(주인)는 수확물만 얻으면 된다.

피상적인 이유를 넘어서려면 방치형 게임을 직접 플레이해서 경험치를 쌓는 수밖에. PC로 플레이할 수 있는 게임 중에서 한 번 구매 후 추가 결제가 없는 게임 중에 평가가 좋은 게임을 하나 골랐다. 「멜보르 아이들」이라는 게임이다. 고전 MMORPG 「룬스케이프」에 영향을 받았다고 한다. 「룬스케이프」는 전투와 채집, 생산 등 여러 세분화된 기술들이 상호작용하는 것이 특징인 게임인데, 「멜보르 아이들」은 그 뼈대만 취해놓은 느낌이다.

「멜보르 아이들」에는 일반적인 게임에서 볼 수 있는 모션 그래픽은 하나도 없고, 화면에는 온갖 수치화된 정보와 메뉴만이 가득하다. 왼쪽 프레임에는 공격, 힘, 방어, 벌목, 낚시, 불붙이기, 요리, 채광 등등 스킬과 관련된 메뉴가 나열되어 있고, 중앙 프레임에는 선택한 메뉴와 관련된 정보가 여러 아이콘과 함께 나타난다. 어떻게 보면 게임을 한다기보다는 노션풍의 웹페이지 환경에서 유사 업무를 보는 듯한 느낌에 더 가깝다.

아, 그러니까 모바일 게임과 방치형 게임, 그리고 PC와 콘솔과 모바일을 넘나드는 크로스 플랫폼의 조화는 게임 중독과 일중독이 결합한 오늘날의 결과물 중 하나인 셈인가? 오늘날의 수많은 게임은 소비자의 돈과 시간에 대한 점유율을 높이기 위해 게임을 노동화하는 데 혈안이 되어 있다. 날마다 게임에 접속해 새로 갱신되는 퀘스트(일일 과제)를 해결해 보상을 받도록 만들고, 친구를 초대하면 보상을 주겠다면서 소비자가 스스로 무급 홍보원이 되게 만들고, 업데이트 뉴스를 지속해서 전달하면서 눈과 귀를 자신들의 채널에 묶어둔다. 결국 이 모든 일에 피로감을 느끼게 되는 순간이 오면 게임에 접속하기가 귀찮아지지만, 이미 그 게임에 투자한 돈과 시간(매몰 비용) 때문에 쉽사리 게임을 떠나지도 못하게 된다. 이런 게 게임이라고? 뭔가가 잘못된 것은 아닐까?

문제는 더 있다. 사람들이 게임할 시간이 없어서 방치형 게임을 하게 되는 것 같지만 전체적으로 보면 방치형 게임이 훨씬 더 많은 시간을 잡아먹는다는 사실이다. 대부분의 방치형 게임은 시간을 자원으로 삼아 성장하는 구조로 되어 있는 데다, 게임을 실행하지 않은 순간에도 성장하도록 설계되어 있기에 게임 바깥의 시간까지 게임의 영역으로 만드는 것이다. 결국 플레이어의 모든 시간을 게임에 투자하게 만든다는 사실이 방치형 게임의 무서운 점이다.

「멜보르 아이들」에는 날마다 해결해야 할 퀘스트는 없다. 다만 「멜보르 아이들」을 플레이하는 것 자체가 업무의 연장처럼 느껴진다. 재미는 있나? 재미도 없다. 그러면 안 하면 되지 않나? 하지만 재미와는 다른 어떤 기분을 내게 주는 것은 분명하다. 게임 자체는 업무 같지만, 게임을 시작하기 직전에 보상이 얼마나 들어와 있을지를 기대하며 접속하는 그 순간이 묘한 쾌락을 준다. 아, 이 사악한 장르는 게임 중독자의 보상 심리를 이용하고 있는 모양이다.

시대를 앞서간 여성 캐릭터라니

「판타시 스타」

주말에는 던전을 헤맸다. 1987년 발매된 「판타시 스타」는 알골 행성계의 이야기를 다루는 사이언스 판타지로, 광선검과 레이저건, 마법, 드래곤과 로봇, 그리고 우주선 등이 마구 뒤섞여 등장하는 롤플레잉 게임이다. 우주와 미래에 대한 기대감으로 쏘아 올린 '공상과학'의 열기가 아직 따뜻할 때 나온 작품이며, 「스타워즈」와 「듄」의 영향을 받은 것으로 보인다.

1980년대 사이언스 판타지 장르가 보여주는 독특하고 쾌활한 분위기도 눈여겨볼 부분이지만, 오늘날 「판타시 스타」에 관해 이야기할 때 무엇보다 중요하게 언급되는 부분은 시각적으로 헐벗지 않은 여성 주인공의 이야기였다는 점이다.

게임에 한정해서 보자면 여성 주인공이라고 해봤자 「아테나」(1986), 「몽환전사 바리스」(1986)* 등으로 대표되는 '비키니 아머를 입은 여전사' 정도가 강한 인상을 남겼던 시기다. 동서양을 막론하고 여성 캐릭터라고 하면 눈길을 잡아끌기 위해 노출이 강조된 복장을 하는 게 당연시되는 시기였기에, 강화 슈트로 중무장해서 외형만으로는 성별을 파악할 수 없는 「메트로이드」(1986)의 사무스 아란, 그리고 노출 없는 복식으로 악에 맞선 「판타시 스타」의 아리사 란디르 등은 시대를 앞서나간 여성 주인공 캐릭터로 평가받고 있다.

개인적으로는 사무스 아란보다도 아리사 란디르가 좀 더 좋은 캐릭터라고 생각한다. 사무스 아란은 엔딩 등 특수한 상황에서 바이저 헬멧을 벗어야 여성인 것이 겨우 인지되지만, 아리사 란디르는 장발에 머리띠를 하고, 핑크 드레스를 입은 전형적인 여성 캐릭터이기 때문이다. 신체 노출이나 성별을 모호하게 만드는 장치 없이 핑크 드레스 위에 그대로 중갑을 걸치고 있는 모습은 꽤 인상적이다. '탈코르셋'이 아닌 공주님 드레스를 선택하더라도 납치되지 않고 악에 당당히 맞설 수 있다는 사실을 선취해서 보여준 것 같다. 독재자에 맞서다 죽은 오빠의 원수를 갚기 위해 검 한 자루를 들고 모험을 떠나, 마침내 독재자를 무너뜨리는 여성의 이야기를 담은 게임이 1980년대에도 있었다는 것은 기억해

---

* 애니메이션 쪽을 보자면 「환몽전기 레다」(1985), 「드림헌터 레무」(1985) 등이 앞서 발표되며 히트했다. 「몽환전사 바리스」라는 제목마저 비슷한 느낌인 데서 알 수 있듯이, 이 부류의 게임은 이러한 애니메이션들에 큰 영향을 받았을 것이다.

둘 만한 일인 것 같다.

그런데 한편 이런 생각도 든다. 이런 캐릭터들을 보고 "시대를 앞서갔다"라고 말해도 괜찮은 것일까? 시대를 앞섰다고 말하려면 오늘날엔 아리사 란디르나 사무스 아란 같은 캐릭터가 보편적으로 많아야 하는 것 아닐까? 현실은 그렇지 않다. 게임, 애니메이션 등에 여성 캐릭터는 여전히 주인공이 아닌 주변 인물로 존재하는 경우가 많고, 주인공으로 등장하든 조연으로 등장하든 섹스어필을 도맡는 경우 또한 대부분이다. 사무스나 아리사 같은 캐릭터가 등장하면 소비자들은 여전히 'PC하다'라고 말하며 다른 작품과 구별하는 딱지를 붙인다. 이러한 PC함에 유독 심하게 거부 반응을 보이는 중국과 한국 게임 개발사* 및 소비자들을 중심으로 오늘날 여성 캐릭터의 지위는 자기 마음에 드는 코스튬을 입히고 수집하고 관찰하는 사이버 피규어의 처지로 전락해 있다. 여성 캐릭터에게 비키니를 입히고 총탄이 쏟아지는 전장으로 내보내는 게 식상할 정도로 당연해진 요즘이다. 이런 형국에 아리사 란디르 같은 캐릭터를 두고 "시대를 앞서갔다"라고 감히 평할 수나 있는 것일까.

게임 내부도 잠깐 살펴보자. 사실 「판타시 스타」는

* 그러지 않을 것 같지만 오히려 일본은 세계 시장을 중심으로 공략하는 탓에 국제 사회의 눈치를 보는 분위기다.

일본 롤플레잉 게임 초창기에 만들어진 작품인 만큼 게임적으로는 문제점이 많다. 당시 일본 롤플레잉 게임은 서양의 대표적인 고전 롤플레잉 게임 「울티마」(1980)와 「위저드리」(1981)의 영향을 강하게 받아 탄생한 「드래곤 퀘스트」(1986) 이래로 대부분 그 영향력 아래에 있었고, 이는 「판타시 스타」도 마찬가지다. 탑뷰 형식으로 오버월드를 표현한 것은 「울티마」와 「드래곤 퀘스트」의 영향이라 볼 수 있겠고, 1인칭 시점으로 던전을 표현한 것은 「위저드리」 및 이런 스타일을 공유한 어드벤처 게임들의 영향이라 볼 수 있겠다. 시도는 좋았지만 당시에 만들어진 1인칭 던전 크롤링 게임들은 오늘날 보자면 하나같이 악몽에 가까운 물건들이다. 게임 내에서 나의 현재 위치를 파악할 수 있는 미니맵 등의 정보가 없는 것은 물론이요, 내 위치를 대강으로라도 가늠할 수 있는 시각적인 정보값이 거의 전무하다. 모두 똑같이 생긴 벽을 더듬고 종이에 지도를 그려가며 미로를 통과해보려 하지만, 눈으로 식별이 불가능한 비밀통로와 지하로 추락하는 바닥 등등까지 있어 공략집을 보지 않는 이상 끝없이 던전을 헤맬 수밖에 없도록 처참하게 디자인되어 있다.

지나치게 복잡한 미로, 운 없으면 한두 걸음도 제대로 걷지 못하고 몬스터와 마주치도록 확률을 잡아둔 극악한 배틀 인카운터 시스템, 원활한 진행을 위해 지나치게 강요되는 돈벌이와 심부름 등이 처음부터 끝까지 게이머를 괴롭힌다. 이는 기술과 용량 문제로 게임 속 세계를 오늘날에 비해 자그마하게 구현할 수밖에 없었던 시절에 게임 플레이 시간을 늘리기 위한 꼼수였겠지만, 그럼에도 불구하고 더 일찍 발매되었음에도 완성도가 빼어난 「드래곤 퀘스트」 같은 작품을 보자면 그보다는 더 잘 만들 수 있지 않았을까 하는 생각이 드는 건 어쩔 수 없다.

16분 후에 이 세계가 망하더라도

「노 맨즈 스카이」

전쟁과 전염병, 그리고 기후 위기의 시대. 지구는 더
이상 안전하지 않다. 시국이 이러한 만큼 사이버 세상
이라 하더라도 현실 지구를 모방한 곳이라면 그 역시
위험할 수도 있지 않을까? 그리하여 나는 우주로 떠
났다.

어느덧 우주에서 고독하게 헤맨 지 300시간째. 누군
가는 물을 수도 있겠다. 거기에 뭐가 있길래 300시간이
나 떠돌고 있느냐고. 나도 잘 모르겠다. 한 가지 분명한
것은 아직 아무도 가보지 못한 새로운 은하계가, 성계
가, 행성이 있다는 것이다. 그곳이 비록 다른 무수한 곳
들과 비슷하게 생겼다고 할지라도.

「노 맨즈 스카이」는 헬로게임스에서 개발한 SF 어드
벤처 게임이다. 플레이어는 자신이 누구인지 정확히는
모르는, 기억상실증에 걸린 듯한 여행자가 되어 우주를
떠돈다. 플레이어에게 주어진 책무는 없다. 이 우주에

숨은 비밀을 탐구할 수도 있겠지만, 그저 아름다운 행성을 찾아 기지를 건설하고 살아가도 된다. 여러 행성에 있는 동식물들을 탐구하거나, 멋진 함선을 판매하는 우주 상인을 찾아다니거나, 아니면 그저 우리가 남은 생애 전부를 이 게임에 바친다고 해도 모두 발견해내지 못할 수많은 행성을* 떠돌아다니기만 해도 된다.

이렇게 말하고 나니 어쩐지 대단한 게임 같지만 솔직히 게임 자체가 대단하진 않다. 「노 맨즈 스카이」는 2016년 출시될 당시 그해 가장 최악의 평을 받은 게임이다. 이 게임은 출시 전에 공개된 정보를 통해 수많은 게이머의 기대를 한 몸에 받았다. 게이머들은 이 게임을 통해 현실세계를 (적어도 꽤 오랫동안) 대체할 가상세계를 꿈꾸었지만 그 결과물은 과대광고로 포장된 덜 만든 쓰레기였다. 나는 「노 맨즈 스카이」가 출시되자마자 구입한 친구가 플레이를 시작한 지 한 시간 만에 실망한 채 환불하는 것을 지켜봤다. 그러면서 완성되지도 않은 게임을 팔아먹는 데 급급한 대형 퍼블리셔를 비웃었다.

재미있는 일은 그 이후에 벌어진다. 거의 대부분의 경우, 출시 때 혹평을 받은 게임들은 그렇게 버려진다.

---

* 「노 맨즈 스카이」에서 발견 가능한 행성의 수는 약 1,800경 개에 달한다. 1경은 10,000,000,000,000,000. 게임 속 모든 행성은 실제 행성에 준하는 크기다.

소문이 구매에 영향을 주고, 개발자들의 기세가 꺾이며, 이러한 조건들로 인해 개발을 지속할 환경이 마련되지 않기 때문이다. 그러나 거의 모든 게이머가 입 모아 욕한 「노 맨즈 스카이」를 헬로게임스는 포기하지 않았고, 이미 출시된 게임을 수년간 다듬어나갔다. 앞서 말했듯이 이는 게임업계에서 흔하게 일어나는 일이 절대 아니다. 결국 그들의 노력은 게임을 제법 괜찮게 만들었고, 게임에 필요한 의견과 응원을 표하는 열성적인 팬 커뮤니티가 생겨나도록 했으며, 그 게임을 조소하던 사람마저(나 같은) 마음을 돌려 플레이하게 만들었다.

「노 맨즈 스카이」는 아주 넓고 또한 얕다. 이 게임은 SF 어드벤처, 건설 시뮬레이션, 서바이벌, 매니지먼트, 호러 등 다양한 장르의 특징을 아우르고 있지만 그 어느 하나도 깊이 있게 파고들지 않는다. 헤아릴 수 없을 만큼 많은 게임 내 행성들은 모두 실제 행성처럼 거대하게 구현되어 있어 게이머를 전율시키지만, 그 행성들이 몇 가지의 리소스를 랜덤으로 조합해 죄다 엇비슷하게 반복하고 있다는 점을 깨닫는 순간 감흥은 식고 만다.

한편 나는 「노 맨즈 스카이」를 여행 게임이라는 장르로 정의하는데, 조금은 아이러니하게도 「노 맨즈 스카이」가 여행 게임으로서 지니는 정체성이 바로 이 반복성에 있다고 생각한다.

여행을 좋아하는 사람과 싫어하는 사람의 차이는 그저 풍경을 대하는 관점의 차이에 지나지 않을 수도 있다. 우리가 여행을 떠나는 이유는 무엇일까? 우리는 여행을 통해 무언가 새로운 것, 경험해보지 못한 것을 발견할 것을 기대하지만, 또 한편으로는 여행이 늘 새로운 것을 가져다주지는 않는다는 것 또한 알고 있다. 산은 어디에 있든 산이고, 바다는 어디에서 보든 바다다. 산에 자라는 것들이 조금 다르고 물의 빛깔에 약간 차이가 있을 뿐이다. 건물은 너무 달라 보이다가도 몇 번 돌고 나면 다 거기서 거기이고, 사람도 마찬가지다. 어떤 사람에게 여행이란 그 별것도 아닌 차이를 경험하기 위해 온갖 불편과 귀찮음을 감수할 만한 가치는 없는 일이다. 그리고 여행자에게 여행이란 그 반복되는 풍경 속 미세한 차이들이 만들어내는 '익숙한 다름'을 위해 기꺼이 이동을 감수하는 일이다. 다르지만 익숙한, 익숙하지만 다른 시공간에 잠시 머무르는 것이 여행이다. 이 미세한 감각의 차이를 여행자들은 본능적으로 알고 있다.

그러한 여행을 통해서만 얻을 수 있는 로어도 있다. 「노 맨즈 스카이」 세계에 잘게 흩뿌려져 있는 이야기 조각들을 나는 꽤 좋아한다. 「노 맨즈 스카이」에는 여행자 어노말리가 우주를 떠돌며 알게 될 우주 생성에 관한 이야기가 담겨 있다. 이 세계에는 아틀라스라는 신적인 존재가 있으며, 모든 행성에 존재하며 자원을 관리하는 정체불명의 기계—센티널이 있다. 그리고 한때 우주의 잔인한 지배자였으나 지금은 돈을 밝히는 상인에 불과한 젝, 허크와 배신자 날을 선조로 모시며 센티널과 끝나지 않는 전쟁을 하는 바이킨, 그리고 모노리스 속에서 집단의식을 공유하며 살아가는 기계 종족 코벡스의 숨겨진 역사가 있다.

플레이어인 여행자 어노말리는 우주를 떠돌며 그 역사의 진실에 점점 더 가까이 다가간다. 이 와중에 길을 잃고 조난신호를 보낸 여행자 아르테미스의 행방을 찾아 나서기도 하지만, 그가 이미 죽었다는 사실을 알고 그를 서브시뮬레이션에 업로드해 시뮬레이션된 존재로서 영원히 살게 하기도 한다. 이러한 과정을 통해 결국 마주하게 되는 진실은, 코벡스가 신으로 모시던 아틀라스가 실은 망가진 기계장치에 불과하며, 여행자 어노말리를 비롯한 이 우주 자체가 하나의 시뮬레이션이라는 사실, 그리고 아틀라스 인터페이스가 망가진 탓에 이 세계는 몇 번이고 재시작되며 반복되고 있다는 절망적인 상황이다. 16분 뒤에 망하게 될 우주를 위해 여행자 어노말리가 할 수 있는 것은? 없다. 그는 구원자가 아니라 그저 시뮬레이션에 속한 한 존재에 불과하며, 바이저에 감춰진 그의 얼굴은 이 우주 시뮬레이션을 만든 이들(아마도 '진짜' 인간들)을 본뜬 형상일 뿐이다.

이렇듯 「노 맨즈 스카이」는 운명론적인 관점을 취하고 있다. 그런데, 계속 무너지고 재시작되는 가상 세계 속에서 영원히 존재한다는 것, 그리고 이 결과를 바꿀 수 없다는 것은 그저 절망일까? 이노우에 다케히코의 만화 「배가본드」에서 타쿠앙 스님은 무사시에게 이렇게 말한다. "네가 살아갈 길은 이제까지도 그리고 앞으로도 하늘에 의해 완벽하게 결정되어 있고…… 그렇기에 우리는 완전히 자유롭다." 「노 맨즈 스카이」에서 이미 자신들이 헤아릴 수 없을 만큼 많은 재시작을 거쳐왔음을 아는 기술자 젝 폴로는 또다시 그리될 운명을 앞둔 채 여행자 어노말리에게 말한다. "더 멀리, 더 빠르게 가서, 모든 것을 봐라! 후회하지 마라, 친구! 난 네가 자랑스러워!" 나는 어쩐지 폴로의 그 말을 들을 때마다 또 한 번 여행할 힘을 얻게 된다. 그리고 잠시 차오르는 감격을 현실의 육체로 느끼며, 이 가상 세계에 우리의 운명을 비추어본다.

야쿠자와 해외여행

「용과 같이 0」

어릴 때부터 국외에 대한 관심이 없었다. 내가 사는 이 땅만 해도 나에겐 충분히 넓고 복잡하고 이해할 수 없는 공간이었다. 문학에 관심을 가진 뒤, 죽을 때까지 국외로 나가본 적 없다는 카프카의 일화를 들었다. 오, 그래 맞아. 꼭 국외로 나갈 필요가 없다니까? 그때부터는 매해 기록 갱신하듯이 '올해로 국외 안 나간 지 n년째'를 헤아리고 있었으니, 내가 생각해도 어이가 없다. 아무 의미도 없는 나만의 기록에 불과했지만, 그래도 그 기록을 깨고 싶지는 않았다.

억울하게도 그 기록은 업무상의 이유로 깨졌다. 유희경 시인과 함께 오사카 기타카가야에서 열리는 북페어에 참가하게 된 것이다. 내 소중한 기록이 여기서 깨지다니, 제길! 농담 아니고 정말로 원통했다. 하지만 '기록을 깰 수 없으니 출장을 갈 수 없다'고 선언하면 진짜 이상한 사람이 되어버릴 것이고, 나는 그 정도로 이상한 사람은 아니니까.

뭐, 하찮은 기록의 무너짐에 대한 슬픔도 거기까지. 일본은 좋았다. 오오, 이곳이 바로 일본의 애니메이트! 엄청 크다! 오오, 타이토스테이션! 사기 없는 인형 뽑기 머신과 최신 아케이드 게임기가 한가득. 대단해! 오오, 타워레코드!「드래곤 퀘스트」OST가 다 있다니! 오오, 킨류라멘! ……음식은 뭐, 한국이랑 수준 차가 나진 않네. 오오, 뒷골목에 이런 술집이! 마스터 완전 이상한 사람이네!

대충 이런 감탄사의 연속이었다는 이야기. 다음에 또 오고 싶다고 생각했다는 이야기. 그러나 코로나바이러스가 터져서 그런 일은 한동안 불가능하게 되었다는, 그런 이야기다.

그러던 어느 날, 게임「용과 같이 0」을 하게 되었다. '용과 같이'는 세가의 프렌차이즈 게임 시리즈로, 폭력 조직 '동성회'에 몸담았던 전직 야쿠자 키류 카즈마가 겪는 여러 사건을 다룬다. 처음에는 이 게임이 세계적으로 흥행해서 세가의 밥줄이 되었다기에 얼마나 재미있는 게임인지 맛이나 보자는 심산이었다. 뚜껑을 열어보니 와, 이거 뭐지? 그야말로 기묘했고, 그런 의미에서 일본적이었다. 게임의 한편에는 실제 배우들의 얼굴을 본뜬 캐릭터들이 펼치는 B급 야쿠자 영화가 있고, 다른 한편에는 야쿠자들을 조롱이라도 하듯이 쉬지 않고 펼쳐지는 농담, 그리고 일본 유흥을 간접 체험하는 세계가 있다.

일면 명백히 혐오스러운 남성 중심 밤 문화를 세세하게 다루는 것에서 그치지 않고, 거의 성인 취미 전반을 집대성해놓은 방대한 볼륨에 정말이지 혀를 내둘렀다. 이 게임이 아니었다면 내가 언제 카바레에 가봤겠으며, 성인 전화방이나 비디오방이 어떠한 공간인지 대략적으로나마 알 수 있었겠는가? 밥 먹고 술 먹고 당구한 대 치다가 노래방 가고 공원 가서 부랑자들이랑 코이코이(맞고) 하다가 불법 캣파이트 도박장에 갔다가 돈 잃고 배팅장 가서 배트 한 번 휘두르고 갑자기 코흘리개들이 하는 미니카가 재미있어 보여 기웃거리다가 전화방에서 여자 불러서 볼링 한 게임 하고 다시 혼자가 되어 천변을 거닐다 낚시도 하고 뒷골목 퀴어바에서 술 한잔 걸치고 카바레 가서 댄스홀에 올라 음악에 내 영혼을 맡기는…… 암흑세계에 자신을 내던지고 그야말로 개쓰레기가 되는 경험…… 그리고 자신을 쓰레기로 만드는 일에는 분명히 중독적인 쾌락이 있다는 것을 재차 깨닫는 순간, 여러모로 이것이 게임이어서 다행이었다.

「용과 같이 0」을 너무나도 즐겁게 즐겼던 탓에 키류카즈마의 일대기를 쭉 따라가보고 싶어졌다. 시리즈의 프리퀄 격이었던 「용과 같이 0」을 지나 1편에서 6편까지 이어지는 대장정, 플레이 타임만 도합 수백 시간. 제법 많은 시간을 여기에 버렸지만, 아쉽게도 시리즈의 다른 작품들은 「용과 같이 0」만큼 재미있지는 않았다. 대부분 구성이 비슷하기도 했고 작품마다 만듦새가 중구난방이기도 한 이유였다.

그럼에도 불구하고 여러 작품을 걸치며 분명하게 느꼈던 즐거움 중 하나는 일본 관광의 즐거움이었다. 「용과 같이 0」을 플레이할 때 나는 게임에 등장하는 소텐보리 거리를 돌아다니다가 기묘하게 익숙한 느낌을 받았다. '이 게임 처음 하는데 왜 이 시장 골목의 지형을 내가 알고 있는 거지?' 이상해서 검색해보니 소텐보리는 오사카 도톤보리를 모델로 만든 공간이었다. '용과 같이' 시리즈의 무대는 가부키초, 도톤보리 등 일본 각지를 모티프로 제작됐다. 그뿐만 아니라 다양한 실제 브랜드와 음식점 또한 게임 속에 녹아 있어, 3D 세계에서 유사 관광을 즐기는 느낌을 받을 수 있다. 내가 '용과 같이' 시리즈를 하면서 가장 많이 했던 행위는 수많은 음식점에 들러 식사를 하는 일이었다. 아니, 진짜 음식도 아닌데 왜 그렇게 먹고 싶던지.

전 세계적인 팬데믹 시국에 비디오 게임 업계는 큰 매출을 올렸다. 이는 비디오 게임이 실내에서 즐기기 좋은 놀이라서 그런 것도 있겠지만, '이곳이 아닌 다른 어딘가로 이동하고 싶다'는 여행의 욕구를 게임이 채

위주었기 때문이기도 할 것이다. 작금에 많은 게이머가 드넓은 무대를 원하는 대로 뛰어다닐 수 있는 오픈월드 게임에 열광하는 이유 또한 이와 연관되어 있을 듯하다.

어쨌든, 이거 하나는 분명하게 말할 수 있다. 도톤보리에 있는 킨류라멘보다 소텐보리에 있는 킨류라멘이 훨씬 맛있다는 것.

뭔가를 지키는 일의 웅장함

「엑스컴」「지구방위군」

요즘은 지구를 지키느라 바쁘다. 한때 몰입했던 게임 「엑스컴 2」에 다시금 빠져 있다. '엑스컴 시리즈'는 지구를 침공하는 정체불명의 외계인에 맞서 지구를 구한다는 이야기를 담고 있는 턴제 전략 시뮬레이션 게임이다. 오늘날엔 1994년 마이크로 프로즈가 제작한 원작보다 2012년 리부트한 버전만 플레이한 게이머들이 훨씬 많을 것 같다. 나도 리부트 된 1편(「엑스컴: 에너미 언노운」), 2편(「엑스컴 2」)은 오랜 시간 즐겼지만 원작은 제대로 해보지 않았다.

엑스컴은 외계인에 대응하기 위한 특수부대의 이름으로, 지구상의 여러 국가가 힘을 합쳐 만들었다. 플레이어는 엑스컴 부대를 이끄는 사령관이 되어 전장에서 전투를 지휘하고, 과학자들에게 연구를 지시하고, 병사를 영입하는 등 부대에 필요한 많은 것을 관리해야 한다. 이를 잘 해내지 못할 경우 1편 시점에서는 국가들이 하나씩 엑스컴 프로젝트에서 탈퇴하면서 점점 예산이 삭감된다. 결국 외계인에 맞서 지구를 구하는 일조차도 돈이 없으면 불가능한 것이다.

「엑스컴 2」는 1편 이후의 이야기를 다룬다. 1편에서 엑스컴이 모든 걸 희생해 외계인을 막아냈지만 이는 잠깐의 승리였다. 외계인과의 전쟁으로 지구는 황폐해졌고, 각국 정부들은 하나둘씩 외계인에게 항복한다. 지구에는 외계인 정부가 설립된다. 외계인 정부는 인류의 안전과 평화를 보장한다고 선전하지만, 뒤에서는 감시와 통제, 그리고 유전자 변이와 실험이 이루어진다. 인류의 남은 희망은 엑스컴의 잔당들뿐이다. 엑스컴은 개조된 UFO를 거점으로 삼아 세계를 오가며 게릴라전을 펼친다. 압도적인 전력 차이를 극복할 유일한 비책은 '사령관(플레이어)'의 전략뿐이다.

엑스컴 시리즈의 특징 중 하나는 죽은 부대원이 살아 돌아오지 않는다는 것이다. 숱한 전장을 오가며 베테랑이 된 병사도 한 번의 실수로 죽으면 끝이다. 「엑스컴 2」에서는 모든 병사의 외모, 이름, 출신 국가, 배경 이야기 등을 플레이어가 직접 정할 수 있어서 더 애착을 가지고 전장에 내보낼 수 있다. 나는 기형도라는 이름의 한국인 병사를 만들어 전장에 내보냈다. 그는 외계인이 나타나기 전에는 시인으로 활동하던 사람이었다. 전장을 거치며 베테랑이 된 그는 '맹독'이라는 별명을 얻게 되었다. '맹독' 기형도는 여러 전장에서 공훈을 쌓았지만, 중요한 임무에서 내 판단 실수로 외계인에게 포위당했을 때, 그 자신을 희생해 다른 부대원들을 살렸다. 그날 내 가슴은 찢어졌다!

엑스컴 1편과 2편 모두 재미있지만, 내용만 놓고 보자면 1편보다 2편이 더 처절한 것은 당연하다. 갖고 있는 것을 지키는 일과 빼앗긴 것을 되찾는 일 중에서는 당연히 후자가 더 진심일 수밖에. 우리나라에도 그와 같은 역사가 있지 않은가. 그 역사가 남긴 기억의 유산이 빼앗긴 지구를 되찾고자 노력하는 내 피 또한 더 뜨겁게 만드는 것인지도 모른다.

외계인 정부가 지배하는 지구를 해방시키기도 바쁘거늘, 또 다른 지구를 하나 더 지켜야 할 것 같다. 「지구방위군 5」 또한 플레이 중이기 때문이다. '지구방위군' 시리즈는 1인칭 슈터 게임으로, 엑스컴 시리즈와 마찬가지로 지구를 침공한 외계 세력에 맞서 싸우는 이야기를 그린다. 플레이어는 EDFEarth Defense Force의 신병으로 게임을 시작하지만, 숱한 전장을 거치며 살아남아 인류의 희망이 된다.

지구방위군 시리즈는 엑스컴 시리즈와 내용은 비슷하지만 장르는 물론이고 분위기도 완전히 다르다. 엑스컴 시리즈는 시종일관 A급 액션 영화처럼 연출하지만, 지구방위군 시리즈는 B급 느낌이 가득하다. 쏟아지는 외계 생물체들과 맞설 때의 느낌은 영화「스타십 트루퍼스」를 생각나게 하지만, 전체적인 분위기는「초신성 플래시맨」등의 전대물에 더 가깝다. 고질라 같은 괴수물의 분위기도 뒤섞여 있다. 안 그래도 거의 대부분의 외계 생명체들이 인간보다 훨씬 큰데(거대 개미, 거대 거미, 거대 벌, 거대 개구리 등), 가끔 등장하는 괴수들의 크기는 그야말로 압도적이라 보는 것만으로도 주눅이 들 정도다.

이쯤이면 뭔가 괴수를 일도양단으로 물리치는 슈퍼로봇이 나와줘야 할 것 같은데 그런 건 없다. 엑스컴 시리즈에 슈퍼 히어로가 없듯이 지구방위군 시리즈에도 플래시맨 같은 히어로는 없다.「지구방위군」의 주인공은 전투 소질이 뛰어난 병사에 불과하다. 최선의 무기를 챙기고 최대한 전술적으로 행동함에도 불구하고, 게임을 하다 보면 말도 안 되게 많은 외계 생물체를 상대하다가 죽는 일이 종종 발생한다.

이야기는 희망차고 투기가 넘치는 EDF군의 모습을 보여주며 시작되지만 후반부로 갈수록 암울해진다. EDF군은 그 수가 갈수록 줄어들어, 나름 지구연합군이라 할 만한 규모를 자랑하던 EDF군은 점점 엑스컴 잔당들과 규모가 비슷해진다. 나중에는 거의 주인공 혼자 남게 되는데, 혼자만의 전쟁을 치른다는 생각에 어쩐지 엄청나게 처절해진다.

아아, 그러고 보면 무언가에 쫓기고 있다는 느낌, 무언가를 지켜내야 한다는 절박한 느낌이 나를 움직이게 하는 건가? 그래서 나는 매번 습격해오는 원고 마감들로부터 내 일상을 힘겹게나마 지켜내고 있는 것인가. 보잘것없는 일상을 수호한다는 건 참으로 처절하고도 웅장한 일이구나. 어쨌거나 이번에도 이렇게 지켜냈다!

정치에 관해 떠드는 목소리가
공허하게 들리는 까닭

「더 위쳐」

　게임이 크게 성공하고 드라마로까지 제작된 이후로도 나는 '위쳐'를 잘 몰랐다. 판타지 장르라는 것과 인기가 대단하다는 것, 그리고 주인공이 백발의 야생미 넘치는 남성이라는 것 정도 외에는 아는 바가 없었다. 언젠가 손댈 날이 있겠지, 라고 한쪽으로 밀어두기만 몇 년째. 왜 손이 가지 않았는지는 모르겠다. 그러던 와중, 최근에 집중해서 플레이하는 게임이 없었고, 위쳐 3부작이 할인 판매 중이라서 몽땅 구매했다. 드디어 위쳐 시리즈를 맛보게 된 것이다.

　게롤트 3부작 중 첫 번째인 「더 위쳐」(2007)를 플레이하면서 든 심정은 어떤 종류의 참담함과 실망감이었다. 게임이 엉망이라서가 아니다. 이제는 옛날 게임*이

---

* 게임은 발매 후 10년만 지나도 고전 게임으로 분류되는 경우가 많다. 빠른 기술 변화와 그에 따른 디자인 및 편의성이 플레이 감각을 전혀 다르게 만들기 때문이라고 본다.

되어버린 탓인지 게임 디자인이 조잡하게 느껴지고 편의성에서 조금 불편한 측면은 있지만, 평소에도 고전 게임을 즐겨하는 탓에 그런 건 큰 문제가 되지 않았다. 「더 위쳐」는 오로라 엔진으로 제작되었는데, 같은 엔진으로 제작된 「네버윈터 나이츠」(2002)를 발매 당시에 즐기기도 했던 터라 오히려 옛 추억이 떠오르기도 했다.

「더 위쳐」는 '리비아의 게롤트'라고 불리는 희멀건 남자가 알 수 없는 연유로 거의 죽었다가 부분 기억 상실인 채로 되살아나며 시작된다. '위쳐'는 작중 몬스터 사냥꾼 또는 합법적인 일을 도맡는 청부업자 같은 존재들인데, 연금술 등과도 관계된 것으로 보아 아마도 위치(마녀)의 남성형으로 만든 조어인 듯하다.

게임은 전투 등 시스템 측면에서 큰 재미를 주지는 못하기에 지극히 이야기 중심으로 진행된다. 전반적인 분위기는 어두침침하다. 일단 주인공을 비롯한 위쳐들은 보통 사람들에게 외지인, 인간 병기, 문제를 일으키는 이 등으로 여겨지며 취급이 좋지 못하다. 밤이 되면 알 수 없는 이유로 마을에 괴물들이 출몰하며, 도시에는 전염병이 퍼져 성문을 걸어 잠그고 있다. 등장하는 여러 인물은 양면적인데, 정의로워 보이는 가면 뒤에 음험한 얼굴을 숨기고 있는 경우가 많다. 어느 순간 이야기는 인종차별을 주제로 삼아 인간과 비인간(엘프, 드워프 등) 간의 대결로 흘러간다. 그리고 중심인물들은 이야기가 진행되는 동안 중립을 취하던 주인공을 향해 한마디씩 던진다. 정치적 중립을 넘어서 한쪽을 선택해야 한다고.

뭔가 그럴싸한 이야기를 하는 것처럼 보이지만, 사실 그 메시지는 매우 공허하다. 「더 위처」의 남성들은 거대 담론을 논쟁하고, 칼을 휘두르며 피를 흘리고, 인간의 추악한 양면성에 관한 철학적 고찰을 한 뒤에 섹스할 여자를 찾아서 거리를 헤집고 다닌다.

어떤 영어 사용자(아마도 남성)가 이 게임을 극찬하며 "나는 살면서 만난 여자들보다 훨씬 더 많은 여자와 섹스를 했다"라고 말한 그대로, 주인공 게롤트는 수많은 여자와 섹스한다. 이야기가 진행되는 동안 만나는 주요 여성 캐릭터들과는 물론이요, 주점 종업원, 농가 처녀, 창녀, 귀족의 딸, 간호사, 성녀, 뱀파이어, 여러 비인간 종족 여성 등 그 수는 26명에 달한다. 이들과의 섹스에 성공하면 해당 여성의 헐벗은 모습을 담은 일러스트가 포토 카드 형태로 수여된다. 어떤 여성에게 이 카드를 얻으면 그 여성과의 이벤트는 일단락되었다는 것을 의미한다. 달리 말해 이 게임에서 여성들은 임무 수행에 대한 트로피로 사용되고 있는 것이다. 여성 인권이 구정물처럼 밑바닥으로 흘러가는 세계에서 무슨 정치적인 선택을 하느니 어쩌니…… 인간의 밝고 어두운 양면을 통해 정체성을 탐구한다느니…… 아주 역겹고 또 익숙한 풍경이죠?

그래도 그 시스템이 문제로 지적되긴 한 모양인지 이후 2편과 3편에서는 그러한 노골적인 요소는 배제되었다(섹스신이 없다는 소리는 아니다). 「더 위쳐」를 발매했을 당시엔 폴란드의 군소 게임 개발사에 불과했던 CDPR도 세계 무대 앞에서는 최소한의 정서를 맞추려고는 했던 모양이다. 이에 비하면 한국 게임과 소비자들은 어떤가. 한국 게임 속 여성 캐릭터들 디자인 보면 진짜 가관이죠? 국제 무대에 부합할 만한 선을 요구하면 꼭 '자유로운' 권리를 침해한다고, 탄압받고 있다고 생각한다니까. 농담이 아니고 진짜다.

사정이 이러하니까 특정 콘텐츠를 바라보는 데 온도 차도 생긴다. 2019년부터 드라마로 방영되고 있는 「더 위쳐」에 대한 감상을 살펴보면 여성 시청자 중에는 "빻았다"라고 표현하며 부적절한 부분이 다수 있다고 지적하는 이들이 많은데, 남성 시청자(주로 게임 팬들)들은 "PC가 드라마를 망쳤다"라고도 한다(또 지겹게 그 소리). 그런데 따지고 보면 저 말이 웃긴 말인 게, 위쳐 시리즈는 폴란드 작가 안제이 사프콥스키의 장편소설이 원작이고, 소설의 이후 시간대를 다룬 게임은 작가가 이야기에 일절 관여하지도 않았다며? 그런데 뭔 게임을 「성경」처럼 받들고 있어. 그러는 너네들 대부분도 「더 위쳐 3: 와일드 헌트」만 조금 해보고 1, 2편은 스토리 요약본만 봤잖아. 나는 욕하면서도 1, 2, 3편 그리고 DLC까지 다 했다고.

하지만 멋진 건 멋진 거지

너무 멋진 것도 별로야

「카우보이 비밥」

넷플릭스에서 「카우보이 비밥 극장판 천국의 문」(이하 「천국의 문」)을 추천해주길래 오랜만에 다시 봤다. 「카우보이 비밥」과 「사무라이 참프루」 등을 좋아하던 고등학교 동창이 떠올랐기 때문이다. 당시에도 친구의 찬양에 비하자면 꽤나 무덤덤하게 본 편이었지만, 근래에 게임 「슈퍼로봇대전 T」*를 즐긴 탓도 있고 해서 다시 보면 또 다른 느낌이지 않을까? 하는 생각도 없지 않았다. 결과적으로는 어릴 적 느꼈던 기분을 다시금 꺼내어 곱씹어보는 시간에 그치고 말았지만.

행성 사이를 도약할 수 있는 게이트 개발 도중에 문제가 생겨 폭발, 달의 파편이 떨어져 지구가 황폐해진 근 미래. 인류는 게이트를 이용해 화성 등 다른 태양계

---

* 일본 애니메이션에 등장하는 로봇들이 한 작품에 모여 가상의 스토리를 전개하는 턴베이스 전략 게임. 로봇 애니메이션 팬들의 드림팀을 가능하게 하는 작품으로, 1991년 출시 이후 오늘날까지 수십여 개의 관련 작품을 발매하고 있다.

행성으로 건너가 살게 되고, 치안이 어지러워지자 범죄자와 현상금 수배범이 다시 등장하게 되었다는 것이 「카우보이 비밥」의 대략적인 배경이다.

미래 풍경 속에 녹여낸, 꿈과 현실 사이에서 나타나는 실존적 고뇌라는 주제, 누아르풍의 멋진 연출, 빼어난 작화, 개성적인 인물, 우주 서부극이 주는 고유한 느낌, 어쩌면 많은 이에게 작품보다도 유명할 주제곡 등 「카우보이 비밥」은 명작의 요건을 하나도 빼놓지 않고 두루 갖추고 있다.

재미있게 잘 만든 작품이다. 그런데도 나는 큰 감흥을 느끼진 못했다. 나는 검증된 작품에서 이런 감정을 느낄 때 나에게 문제가 있나 생각해보고 왜 그런지 고민해보는 편이다.

「천국의 문」을 예를 들어보면 그럴 만한 이유가 있다. 자신만의 세계에 갇혀 있는 이상한 악역이 세상을 파멸시키려 들고, 자신이 정의롭다고 생각하지는 않는 이들이 개인적인 이유들로 인해 그 악을 막아내는 이야기. 과거에 얽혀 있는 자신과 싸우고, 마침내 깨닫고, 해방되고, 기타 등등…….

나는 이해할 수 없는 범죄를 저지르는 인물들에게 초점을 맞추면서 범죄와는 관계가 없는 층위에서 그를 살피고, 주제 의식을 찾아내려 드는 연출을 상당히 고깝게 보는 편이다. 무차별적인 테러로 도시가 파괴되고 시민이 죽어나가는 풍경이 고작 그따위 인간의 사연을 좇아가기 위해서 활용되어야 한다니. 한마디로 개똥철학으로 멋 부리는 데에 폭력을 동원하는 걸 두고 미학이니 뭐니 하는 게 같잖다. 범죄자의 사연 따위 조금도 알고 싶지 않다. 멋에 관해서라면 특별한 사연 없는 범죄자를 다루는 편이, 사연이 있더라도 이를 드러내지 않는 연출이 훨씬 더 멋지다고 본다.

「천국의 문」을 제외한다면 지극히 개인적인 호오好惡 문제다. 난 어쨌든 너무 '쿨내'* 나는 작품은 별로다. 너무 멋지게 보이려고 하는 것에서 어쩔 수 없이 촌스러움을 느끼는데, 진짜로 촌스러운 것이라기보단 내가 그냥 그렇게 느끼는 걸 테다. 미감이 다른 것이라고 해두자. 더불어 주인공 스파이크 스피겔이 이소룡을 존경한다는 것도 매우 별로인데, 나는 살면서 이소룡을 좋아하는 사람 중에 제대로 된 사람을 거의 한 명도 만나보지 못했기 때문이다.

만약에 「카우보이 비밥」에 그럴싸한 주제 의식이 없었더라면, 여러 인물에게 사연과 고뇌가 덜했다면, 그것이 그저 새로운 시대에 먹고살 수단으로서의 현상금 사냥에 나서는 얼간이들의 이야기에 불과했다면 나는 진심으로 그 작품에 열광했을지도 모르겠다. 나는 대체

---

* 쿨cool+냄새. '쿨하게(차갑고 멋져 보이게) 보인다'라는 뜻을 나타내는 속어인데, 지나치게 쿨해 보이려는 이들을 비꼴 때도 활용된다.

로 등장인물의 의도가 단순하고 명쾌하고 아무 생각도 없는 것처럼 보일 때 작품이 더 멋있어진다고 생각하는 사람인 것 같다. 영화 「맥켄나의 황금」에서 무법자 콜로라도(오마 샤리프 분)가 황금을 얻은 뒤 프랑스에서 호화로운 귀족 생활을 즐길 상상에 젖는 그 풍경은, 서부 무법자들의 그 단순한 동기는 얼마나 매력적이고 사랑스러운지.

죽음을 소중히 다루자

「샤먼킹」

설 연휴를 맞아 차례는 안 지내고 넷플릭스에서 「샤먼킹」을 봤다. 조상님께 절 올리면서 음식 대접하는 거나 영혼끼리 격투기시키는 거나 어쨌든 영혼을 불러낸다는 점에서 대강 비슷한 거지? 죄송합니다. 그래도 유교 국가인데 제가 너무 선을 넘고 있네요. 그런데 또 한편 말입니다. 아무리 소중히 지켜온 관습일지라도 당대에 그대로 적용하는 데 무리가 따른다면 여러 면에서 재고해봐야 하는 것 아닐까요? 물론 제가 이런 말 안 해도 저희 집처럼 제사는 자연스레 사라지고 있는 중이겠죠? 아, 이거 어째 「샤먼킹」이라서 그런지 내용이 산으로 가네. 「샤먼킹」이 잘못했다고 칩시다.

『샤먼킹』은 1990년대 말부터 2000년대 초까지 연재되었던 만화로, 샤먼킹이 되어 세상을 지배하려는 아사쿠라 하오와 이를 저지하려는 아사쿠라 요우의 친구 이야기를 다룬다. 죽은 영혼이나 정령 등을 소지령으로 삼아 힘을 겨룬다는 점이 특징인데, 한마디로 평하자면 좀 이상한 만화다. 소년 만화 왕도물의 클리셰를 따르는 듯 따르지 않는 듯, 긴박감이 넘치는 듯 맹숭맹숭한 듯, 허허실실 썰렁한 듯 웃긴 듯, 재미가 있는 듯 없는 듯……. 종반으로 갈수록 작가 특유의 나사 빠진 센스가 내용을 우주 너머로 보내버린다. 그 점이 단점이라면 단점이고, 매력이라면 매력이다.

이 만화가 다시 애니메이션으로 나왔다길래 사실 좀 뜨악했다. 아니, 갑자기 왜? 내가 모르는 『샤먼킹』 팬들이 생각보다 많나? 연재 초반에는 인기가 많았지만 점점 내용이 산으로 가면서 나중에는 결말도 제대로 못 맺고 연재 종료했던 만화인데(나중에 완전판으로 나오긴 했다). 그래도 10대 때 그냥저냥 챙겨 봤던 기억도 있고, 명절이라 시간도 남아서 2021년판 「샤먼킹」을 시청했다.

시즌 2(4쿨)까지 나올 것 같은데, 아직 제작이 완료되지 않아 시즌 1만 올라와 있어 결국 보다 만 듯한 찝찝한 기분이 되었다. 이게 나중에 어떻게 되더라? 아, 이 만화도 나중에 누가 죽었다가 부활하고 그랬지. 기억이 돌아오고 나니 어쩐지 시즌 2를 보고 싶지는 않아졌다. 나는 어떤 작품에서 죽은 캐릭터를 부활시키는 게 정말로 싫다. 부활의 기미가 슬금슬금 보이기 시작하면 그전까지 오르던 흥이 곧바로 깨질 정도다.

어떤 작품 속 캐릭터들이 죽음을 맞이할 때, 우리는 아는 사람의 진짜 죽음을 지켜보는 것처럼 애잔한 마음이 된다. 가상의 캐릭터일지언정 죽고 나면 이 작품이 끝날 때까지는 다시 볼 수 없으리라고 예상하기 때문이다. 이 사실은 진짜 죽음이 지닌 슬픔의 일면을 다루고 있다. 죽음과 슬픔은 시각과 꽤 밀접하다. 우리는 죽음이 불러오는 여러 다른 문제보다도, 늘 보이던 것이 더는 보이지 않는다는 사실이, 내 시야에서 사라진 것이 더는 돌아오지 않는다는 그 사실이 특히 슬픈 것이다. 슬퍼서 꿈에서라도 보고, 사진이나 영상으로라도 보고, 홀로그램으로라도 만들어서 봐야 조금이나마 마음의 위안을 얻을 정도로. 어떤 연예인의 죽음에 많은 사람이 그토록 슬퍼할 수 있는 것도 그런 이유와 상관없지 않을 것이다.

비록 허구로 이루어진 세계에서 일어나는 죽음이라 하더라도, 그 죽음은 '작품 내에서 다시 볼 수 없음'이라는 방식으로 진짜 죽음의 핵심을 내포한다. 그러나 그 진짜 죽음의 일면이 부정될 때 그 작품은 죽음의 슬픔도 무게도 잃어버리고 만다. 이제 그 작품에서 어떤 캐릭터를 볼 수 없게 되는 경험은 죽음을 통해 이루어지는 게 아니라, 작가의 연출 미숙으로 인한 캐릭터의 '공기화' 등을 통해서만 발생한다.

죽음을 소중하게 다루지 않아서 망가진 작품들을 우

리는 많이 알고 있다. 『나루토』가 조금씩 망가지기 시작한 시점을 꼽으라면 죽은 이를 부활시키는 금지된 술법인 예토전생이 등장할 무렵이 아니겠나? 시체도 일어서게 하고, 목숨을 돌리는 술법들이 그렇게 여럿 존재하는데 도대체 죽음이 무슨 의미인가. 최후에 네지는 도대체 왜 죽어야 했는가. 왜 다른 사람들은 다 살리면서 네지는 안 살린 거냐고. 말해봐, 키시모토 마사시.

죽음을 가볍고 멍청하게 다루는 작가들은 기본 교육 좀 받아야 한다는 생각이 든다. 죽어도 부활하고 회귀하고, 뭐, 이런 거는 웃기지만 이미 클리셰가 되었으니 그냥 그러려니 하고 넘어간다. 그래도 죽음을 그렇게 다루는 게 콘셉트인 작품이 아니라면 죽음은 좀 소중하게 다뤄주길 바란다. '템빨'도 세우지 말고. 재생벌레(「호랑이 형님」)니, 단(「고수」)이니 이딴 설정 좀 제발 쓰지 말고!

추억으로 남기면 더 좋았을 드래곤볼

「드래곤볼 GT」

인터넷을 떠돌다가 어딘가 그리워지는 듯한 노래를 들었다. 애니메이션 「드래곤볼 GT」(1996~1997년)의 메인 테마곡 「점점 마음이 끌려DAN DAN 心魅かれてく」였다. "너와 만났을 때/어릴 적 소중히/생각하고 있던 장소를 떠올렸어/나랑 춤추지 않을래?/빛과 그림자의 Winding Road/지금도 저 녀석에게 푹 빠져 있어?"라며 노래하는 앞 소절을 들으니 어쩐지 가슴이 찡해지는 것이, 간만에 「드래곤볼 GT」를 다시 보고 싶다는 마음이 들었다. 그런데…… 예전에 분명 좋지 않았던 기억이 있는데, 괜찮을까?

마인부우로부터 세상을 구한 뒤로 조금 지났을 무렵, 피라후 일당이 드래곤볼을 앞에 두고 실수로 손오공을 어린아이처럼 작게 만들어달라는 소원을 빌어 오공의 몸이 작아졌다. 그런데 그 드래곤볼은 1년 안에 모으지 못하면 지구를 파괴하는 '검은별 드래곤볼'이었다. 지구를 지키기 위해 몸이 작아진 오공, 트랭크스, 그리고 우주선에 몰래 숨어든 손오반의 딸 팡(9세)이 우주로 뿔뿔이 흩어진 드래곤볼을 찾아 나서는 것으로 본격적인 이야기가 시작된다.

「드래곤볼 GT」는 어느 정도 원작 「드래곤볼」의 전체 흐름과 유사하게 진행된다. 원작에서 어린 손오공이 부르마와 함께 여기저기 떠돌며 악당들을 물리치고 드래곤볼을 모으던 그때처럼, 「드래곤볼 GT」 또한 여러 행성을 떠돌며 자잘한 사건을 해결하고 드래곤볼을 모아나간다. 손오공은 몸만 작아졌을 뿐이지만, 마치 정말 어린 시절로 되돌아간 듯이 가볍고 발랄하게 극을 이끈다.

옛날 애니메이션답게 64화까지 제작된지라 초반부터 흥미를 잃으면 난감한데, 회차가 거듭될수록 나아질 기미는 보이지 않았다. '슈퍼17호' 편은 도대체 왜 만들었는지 모르겠다가, 마지막 '사악룡' 편에 와서는 절망적인 기분이 들었다. 솔직히 내가 반쯤 졸며 이야기를 써도 이것보단 잘 쓰겠다, 그런 생각을 하며 꾸역꾸역 보고 있자니 나를 추억에 젖게 만든 노래가 원망스럽기까지 했다.

「드래곤볼 GT」가 나온 지도 어느덧 20년이 훌쩍 넘었다. 「드래곤볼 GT」는 「드래곤볼 Z」에서 이야기가 이어지지만 원작자 토리야마 아키라가 스토리를 쓰거나 감수한 정사는 아니다. 이야기와 작화, 연출도 원작에 비하면 모자란 편이다. 그 때문에 한때(혹은 지금도) 이 작품을 진지하게 받아들이지 않는 팬들도 많았다. 하지만 원작에서 이야기나 상황이 꼬일 때마다 만능 도구로 사용된 드래곤볼에 대한 자기반성이 녹아 있어 여전히 흥미로운 구석이 있다.

참으로 오랜만에 드래곤볼 시리즈를 다시 보면서 내내 들었던 의문은 왜 원작은 물론이요, 「드래곤볼 GT」까지 오면서도 여성은 그토록 초사이어인에서 배제되었을까 하는 점이었다. 원작에서 가장 먼저 초사이어인이 되는 손오공은 매우 힘들게 초사이어인이 되긴 했지만, 그의 아들인 손오반은 그에 비하면 쉽게 초사이어인이 될 수 있었고, 둘째인 손오천은 아주 어릴 때부터 아무렇지도 않게 초사이어인이 될 수 있었다. 작중 모든 사이어인들이 쉽사리 초사이어인이 되는 와중에도 어째서 손오반의 딸인 팡은 초사이어인으로 그려지지 않았던 것일까(사실 '여성 사이어인'을 연재 말기까지 한 번도 그릴 생각을 안 했던 토리야마의 문제가 크긴 하지만). 원작의 팡은 완전 꼬마였으니 그렇다 쳐도, 전개될수록 비극적이고 위험한 순간이 많아짐에도 불구하고 팡은 결국 초사이어인이 되지 못했다는 점은 매우 유감이다. 여성 초사이어인은 그 이후로도 오랜 시간 시리즈에서 그 존재를 드러내지 못하다가, 2015년부터 연재·방영된 「드래곤볼 슈퍼」에 와서야 케일의 등장으로 이상하고 부당한 역사의 끝을 맺는다. 사이어인은 95퍼센트 정도의 확률로 남성이 태어나는 이상한 유전자라도 가지고 있는 것일까.

내가 건덕후는 아니지만 1

「기동전사 건담」

건담은 일본 로봇 애니메이션계의 가장 유명한 상징 중 하나다. 건담을 한 편도 보지 않은 사람은 많겠지만, 건담을 모르는 사람은 거의 없을 것이다. 에반게리온을 한 편도 보지 않은 사람은 많겠지만(나도 그중 하나다), 에반게리온을 모르는 사람은 거의 없듯이.

1979년에 최초 방영된 TV 애니메이션 「기동전사 건담」의 세계는 어느 미래에 지구가 수용할 수 있는 인구 수를 인류가 넘어서서, 인류 다수가 우주로 이민해 살게 되었다는 설정에서 시작된다. 인류가 유사 지구환경을 구축하는 '스페이스 콜로니'라는 거주구를 건설한 첫해를 우주세기Universal Century, U.C. 원년으로 제정하고, 서력 대신에 우주력을 사용하는 우주 시대가 열린다. 스페이스노이드(우주 이민자)들은 지구 주변에 설치된 수백 기의 스페이스 콜로니 속에서 살아간다.

수많은 건담 작품 중 이러한 설정을 기반으로 한 작

품들은 '우주세기 건담'이라 불리며, 모두 작품명에 'U.C. 0000'과 같은 식으로 어느 무렵의 이야기인지를 표기하고 있다. 이러한 설정을 공유하지 않는 건담 작품은 '비우주세기 건담' '신新 건담' 등으로 따로 분류해서 취급한다. 적어도 여기까지는 이야기를 해둬야 비로소 작품 이야기를 할 수 있다니, 번거롭게도 알아둬야 할 것이 많은 시리즈이긴 하다.

최초의 건담 작품인 「기동전사 건담」*은 U.C. 0079년의 이야기를 다루고 있다. 지온 공국과 지구연방 사이에서 '일년전쟁'이 벌어진 해이다. 이 전쟁에 우연히 휘말리게 된 주인공 아무로 레이를 비롯한 소년·소녀들이 겪는 전쟁의 비극이 건담의 주된 내용이다.

첫 반세기가 지난 우주 시대, 지구연방과 스페이스 콜로니 집단 사이는 경제 및 정치 문제에서 불평등한 관계가 형성되어 있었다. 이에 따라 일부 스페이스노이드들은 자치권을 요구하기도 했는데, 대부분 묵살당했다. 이런 와중에 지구에서 가장 먼 사이드 3**의 정치가 지온 즘 다이쿤이 뉴타입론을 주창하고 스페이드노이드 사회에서 큰 반향을 일으킨다. 사이드 3은 지오니즘

---

* 팬들은 '퍼스트 건담'이라고 칭한다. 이 책에서도 편의상 다른 건담과 동시에 이야기할 때는 퍼스트로 칭한다.

** '사이드'는 스페이스 콜로니가 군집된 지역을 구별하는 지역 단위로, 각 사이드는 우주의 국가 내지 주로 보면 적당할 것이다.

아래 규합되고, 마침내 지구연방으로부터의 독립을 선포하며 지온 공화국이 탄생한다. 그러나 이는 지구연방의 동의를 얻은 것이 아니었고, 갈등은 심화한다. 알려지지 않은 이유로 지온 즘 다이쿤은 급사하고, 후사를 데긴 자비가 이어받으며 자비 가문이 지온 공화국을 이끈다. U.C. 0079년 1월, 지온은 지구연방에 대해 전쟁을 선포한다. 이것이 일년전쟁, 또는 지온독립전쟁이라 불리는 우주 대전의 대략적인 배경이다.

주인공 아무로는 지구연방의 기술 사관인 아버지 템 레이를 따라 사이드 7로 이주한 지구 출신의 소년이다. 사이드 7은 지구연방의 기술 연구소 건설지로 내정되나, 지온의 정찰대가 선공하여 순식간에 초토화된다. 혼란 속에서 살아남은 사이드 7의 거주민들은 신조 전함 화이트베이스에 탑승하게 되고, 아무로도 살아남기 위해 우연히 연방의 비밀 병기인 건담의 파일럿이 된다.

당시 어린이들을 대상으로 한 로봇 만화의 다수는 선과 악이 분명하게 나뉘어 있고, 로봇이 멋지게 합체하고, 주인공이 시련을 딛고 악에게 승리하는 내용이었다. 그런 의미에서 「기동전사 건담」은 과도기에 있는 작품이라 할 수 있겠다. 주인공 로봇이 (애매하지만) 합체도 하고, 적도 있긴 하나 정의의 편과 악의 편으로 이분하기에는 애매하고, 주인공은 내성적이고 퉁명스러우며 전투에 나가기를 싫어한다. 이렇듯 건담에는 로봇 애니메이션 시청자들에게 익숙한 요소도 있지만 낯선 요소도 뒤섞여 있어, 어린이들이 쉽게 받아들일 수 없는 작품이었으리라 생각된다.[*]

전쟁 속에서 선과 악은 분명하게 나뉠 수 없었고, 어린 주인공들은 악을 뿌리 뽑는 정의의 사도이기보다는 원치 않는 전투에 떠밀리는 전쟁의 피해자였다. 로봇들은 천하무적이 아니었고, 인간과 똑같이 쉽게 부서지고 터져 나갔다.

사이드 7의 위기 상황 속에서, 방치된 건담에 제멋대로 탑승하면서 아무로는 처음으로 사람을 죽이는 경험을 한다. 지온군 병사 데닝을 살해하는 대목이다.[**] 데닝이 탑승한 지온군의 로봇 자쿠 II가 폭파하여 사이드 7에 더 이상의 피해가 가는 것을 막기 위해(스페이스 콜로니가 부서지면 콜로니 안의 공기와 사물들이 우주로 빨려 나가니까), 아무로는 빔샤벨(빔을 검의 형태로 출력한 무기)로 콕핏(조종석)을 노려 파일럿만 죽이려 시도한다. 극장판을 기준으로 이 최초의 살인 장면

---

[*] 본 방송 시청률은 그다지 높지 않았으나, 후일 재방송과 완구, 극장판이 성공하면서 오늘날과 같은 위상의 토대가 마련된다.

[**] 정확히는 데닝을 죽이기 전에 이미 데닝의 부하 진이 탑승한 자쿠 II를 일도양단하여 폭파하지만, 어쩐지 건담에서는 기체의 파괴와 파일럿의 살해를 구분 짓는다. 기체가 파괴되면 대부분의 경우 파일럿이 죽는 건 당연하지만, 이쪽은 '전쟁 중이니 어쩔 수 없이 병기를 파괴한 것이지, 파일럿을 죽이려고 한 건 아니다'라는 합리화가 작동하는 것도 같다. MS 격추가 아닌, 사람을 직접 죽이는 대목에서 주인공들은 주저하거나 감정에 혼란을 겪는다.

은 침묵 속에서 20초가 넘게 지속된다. 건담은 확인 사살을 위해 빔샤벨을 찌르고, 비틀고, 자쿠 II는 꿈틀거리다 쓰러진다. 아무로는 심적 압박과 공포에 빠진 얼굴이다. 전쟁이 평범한 소년을 급작스레 살해의 현장으로 내몬 것이다.

전쟁으로 인한 민간인 피해와 비극은 건담이 집중적으로 환기하는 주제이다. 극의 시작은 연방군의 군사 연구소 건립 예정으로 사이드 7에 살던 시민들이 대피 명령을 받는 것으로 시작된다. 아무로와 함께 일년전쟁의 주역으로 활약하는 하야토 코바야시는 아무로를 탐탁지 않게 생각하는 발언을 하며 처음 등장한다. "아무로의 아버지 같은 군사 기술자가 여기에 안 왔으면……(우리가 내쫓길 일도 없었을 텐데)." 그 말대로 사이드 7은 얼마 지나지 않아 전투 지역이 되고, 화이트베이스에 탑승한 일부를 제외한 나머지 주민들은 모두 죽고 만다. 주인공 일행은 생존을 위해, 또한 브라이트 노아와 같은 군인의 협박으로 인해 전쟁에 투입되고, 아무로는 원치 않는 전투를 무리하게 수행하다가 외상후 스트레스 장애PTSD에 시달리게 된다.

위에서 편의상 로봇이라는 표현을 쓰기는 했지만, 건담에 출연하는 기체들은 작중에서 로봇이라고 불리지 않는다. 파일럿이 탑승해 조종하는 탈것들은 크기와 형태 등에 따라 '모빌슈트Mobile Suit, MS' '모빌아머Mobile

Armor, MA'라는 고유명사로 불리는데, 직역하면 기동복, 기동갑옷 정도가 되겠다. 인간이 전투를 위해 강화복을 입는다는 개념이라 그런 이름이 붙었다는 모양이다.

그래서인지 건담은 로봇 대 로봇이 싸운다는 느낌보다도 인간 대 인간이 싸운다는 느낌을 더 강하게 준다. 강화복을 입은 인간들이 싸우고 있는 것이다. 파일럿들은 전투 중에 아군뿐만 아니라 적과도 끊임없이 대화하고, 말다툼하며, 연출상으로는 로봇의 위에 파일럿의 얼굴이나 표정을 컷인으로 삽입하는 기법이 자주 활용된다. 굳이 그럴 필요가 없는데도 서로 기체에서 나와 총을 들고 다투는 장면도 많다.

토미노 요시유키가 감독을 맡은 건담 시리즈는 전반적으로 대사가 독특하다. 문장이 끝까지 제대로 이어지거나, 평범하게 대화가 오가는 경우가 드물 정도다. 주어가 빠진다거나, 말끝이 생략된다거나, 서로의 말을 비꼬면서 트집을 잡는다거나, 서로 자기 할 말만 하고 있다거나, 뜬구름을 잡는다거나 하는 식인데, 이를 팬들은 '토미노부시[富野節], 토미노 화법'라고 칭한다. 토미노부시를 통해 영화나 소설 속 가공된 문장이 아닌, 일상 대화와 같은 생생함이 생기는 것이라고, 팬들은 토미노부시를 설명하지만 아무리 좋게 봐도 전혀 일상에서 쓰일 만한 화법은 아니다. 가령 극의 후반부, 세기의 라이벌인 아무로 레이와 샤아 아즈나블이 에페를 들고 검투를 벌이는 대목을 살펴보면 이렇다.

아무로: 지금 라라아가 말했어. 뉴타입은 살인을 위한 도구가 아니라고…….

샤아: 현재로선 인간은 뉴타입을 살인의 도구로밖에 쓰지 않아. 라라아는 죽어갈 운명이었던 거다.

아무로: 네 녀석도 뉴타입이잖아!

샤아가 제 하고 싶은 말로 받아치는 대목까지는 그렇다고 칠 수 있어도, 이에 대한 아무로의 응답은 이상하다. "네 녀석도 뉴타입이잖아!"라고 외치는 아무로의 말을 올바른 맥락으로 읽자면, "너도 뉴타입이면서 라라아의 마음을 받아들이지 못하는 거냐? 그럼 너를 믿고 따르다 죽어간 라라아는 뭐가 되냐?" 정도일 것 같다. 그냥 이렇게 말해도 될 텐데, 발끈하는 한 문장으로 완전히 압축해버린 것이다. 그나마 나은 상황도 이 정도이기에 건담은 종종 대화에서 그 행간 사이에 숨은 뜻*을 읽어내야 할 때가 많다. 그러나 이를 통해 생기는 약간의 난해함은 건담의 단점인 동시에 개성이다. 이 토미노식 어법에는 기묘한 맛이 있어, 자꾸 듣다 보면 괴

---

* 훗날 이 토미노부시는 「역습의 샤아」를 통해 팬들 사이에서 가장 오랫동안 떠도는 이야기를 낳는다. 이 이야기는 「역습의 샤아」(141쪽)를 다루면서 하겠다.

식에 빠지듯이 중독되고야 마는 것이다.

「기동전사 건담」은 정의가 승리하는 이야기도, 영웅이 찬양받는 이야기도 아니다. 아무로 레이는 지구연방의 편에 서서 지온의 병사들을 학살하지만, 이는 지구연방이 정의의 편이어서가 아니며 아무로가 그것을 원해서도 아니다. 지온군에게 "연방의 하얀 악마"라 불리는 아무로는, 그저 시대의 흐름에 떠밀려 어른들의 전쟁에 투입된 희생양에 불과하다.

이는 아무로 레이가 최초의 뉴타입 중 하나라고 일컬어지는 점과 대비되며 더욱 비극적인 색채를 띤다. 지온 즘 다이쿤이 주창한 이론에서 유래된 '뉴타입'은 우주 시대의 신인류를 뜻한다. 이들은 육체의 한계를 넘어 정신과 영혼으로 교감하고 이해하는 능력이 있는 이들이다. 이러한 특성상 뉴타입은 보통 사람들보다 감각이 예민한데, 때문에 모빌 슈트를 다루는 데 초인적인 재능을 보이기도 한다. 이렇듯 전쟁은 평화를 위해 등장한 신인류마저 병기로 사용한다는 것이 건담의 핵심 주제다.

참으로 아이러니한 것은, 전쟁을 다룬 작품들이 으레 그렇듯 전쟁이 그려내는 반전의 메시지는 그것을 전달하는 과정에서 모순이 생긴다는 점이다. 건담 시리즈는 전쟁의 끔찍함을 주제로 내세우지만, 이 참혹한 전쟁은 작품을 통해 멋지고 아름답게 그려진다. 진지하고 참혹하게 그럴수록 아름다워지는 것이 전쟁이기 때문이다. 어쩌면 우리의 몸이 찢어지지 않는 안전한 거리를 두고 바라보는 전쟁이란 그저 아름다운 불꽃놀이에 불과할는지도 모른다. 미국의 남북전쟁 당시 좋은 자리에 돗자리를 깔고, 망원경을 들고 전쟁을 구경하러 나왔던 사람들의 일화처럼 말이다. 이 왜곡증은 콜로니 테러를 유성우에 빗대는 「스타더스트 메모리」와 같은 작품을 거쳐 「철혈의 오펀스」에 와서는 더없이 끔찍한 모양새가 된다. 그런 의미에서 오타쿠들이 요즘 새로 나오는 건담 작품들을 보며 "건담은 반전 메시지를 담고 있어야 한다고!"라며 '엣헴' 소리 낼 때마다 헛소리 좀 그만하라고 해주고 싶다.

적으로 규정된 것들을 모두 죽이면 마침내 평화가 찾아오는가? 영웅은 찬양받고 행복해지는가? 「기동전사 건담」이 이러한 질문이라면, 후속작인 「기동전사 Z 건담」은 그에 대한 대답이다. 지구연방에 의해 위험인물로 간주되며, 교외의 어느 저택에 갇힌 채 우울하게 살아가는 아무로의 모습은 그의 희생이 무엇을 위한 것이었는지를 되묻게 한다.

내가 건덕후는 아니지만 2

「기동전사 Z 건담」

　「기동전사 Z 건담」은 「기동전사 건담」의 후속작으로, 일년전쟁 이후 7년 뒤인 U.C. 0086년의 이야기를 다룬다.

　일년전쟁은 종전 협정 체결 이후 지구연방의 승리로 끝이 났다. 그러나 결과에 승복하지 못한 지온 잔당 또한 존재해 지엽적인 규모의 무장 활동이 이어졌다. U.C. 0083년에 일어난 데라즈 분쟁이 이를 대표한다. 지온 잔당 중 데라즈 함대를 이끌던 에규 데라즈가 애너벨 가토라는 장교를 앞세워 건담을 탈취하고, 지구에 스페이스 콜로니를 낙하시킨 사건이다. 이를 다룬 작품이 「스타더스트 메모리」(극장판 「지온의 잔광」)이다.

　결과적으로 데라즈 분쟁은 '티탄즈'라는 특무부대 창설을 야기한다. 티탄즈는 어스노이드 중심주의의 극우 군벌로서, 얼마 지나지 않아 지구연방을 쥐락펴락할 정도로 부상한다. 티탄즈는 콜로니 주민 대규모 학살*로 대표되는, 스페이스노이드와 지온 잔당에 대한 무력 남용을 계속하고, 이는 지구연방에 대항하는 에우고Anti Earth Union Group가 조직되는 계기가 된다. 이 에우고와 티탄즈의 무력 충돌이 「기동전사 Z 건담」의 중심 이야기이다.

전작 「기동전사 건담」의 아무로 레이는 로봇 애니메이션 주인공치고는 좀 소심하고, 내성적이고, 신경질적이다. 「기동전사 Z 건담」의 주인공 카미유 비단은 더 이상한 인물이다. 카미유는 내성적으로 보이나, 욱하면 말보다 주먹이 먼저 나가는 다혈질이다. 자신이 화났을 때는 "먹어라!"라고 소리치며 주먹부터 내지르고 보지만, 자신이 맞을 때는 "이쪽의 사정도 모르면서 폭력은 나쁜 겁니다"라며 자기합리화를 하는 경향 또한 다분하다. 이상한 타이밍에 웃음을 터뜨리는가 하면, "전 미래가 없어요. 자폐증이에요"라고 중얼거리기도 한다. 정의롭거나 쿨하거나 열혈이거나, 다정하고 용기 있는 일반적인 주인공은 아닌 것이다.

이 이상한 주인공으로 인생이 통째로 꼬인 인물이 제리드 메사다. 티탄즈의 초임 장교 제리드 메사는 전우

---

* 대다수의 주민들이 반 지구연방 데모에 참가한 사이드 1의 30번지 콜로니에 티탄즈가 독가스를 살포한 사건. 이 일로 콜로니의 주민들은 몰살당했는데, 대외적으로는 전염병에 의한 전멸로 은폐한다.

카크리콘을 만나 인사를 나누던 도중, "카미유!"라고 외치는 여성(화 유이리)의 목소리를 듣고 반사적으로 고개를 돌리며 중얼거린다. "음? 여자 이름인데⋯⋯. 뭐야, 남자였나."

어디선가 여자 이름만 들려도 얼굴을 확인해야 할 만큼 여자를 너무 좋아한 게 제리드 메사의 죄라면 죄였을까? 그렇다고는 해도 제리드는 카미유 비단의 면전에 대고 비웃은 것도 아니었고, 그저 10미터 정도 떨어진 자리에서 혼잣말로 중얼거렸을 뿐이었다. 그러나 천부적인 뉴타입이라 감각이 지나치게 예민했던 카미유는 그 멀리서 들려온 혼잣말에 발끈하여 그대로 달려가 제리드의 얼굴에 주먹을 꽂는다. 그야말로 분노 조절이 안 되는 인간이다.

어이없게 맞은 제리드는 어른답지 못하게 복수해준 뒤, 카미유를 티탄즈 관할 건물에 가둔다. 그 일은 카미유가 티탄즈의 건담 MK-2를 탈취하는 계기가 된다. 이 최초의 악연을 시작으로 둘은 서로의 주변 인물들을 (종종 의도치 않게) 죽이며, 상대의 심신을 붕괴시킨다. 훗날 제리드는 결국 카미유의 손에 최후를 맞는다. "카미유! 네놈은 나의⋯⋯!"라는 유언과 함께. 최후의 순간에 제리드는 결국 무슨 말을 하고 싶었던 것일까. 유언을 남길 시간마저 빼앗아버린, 그야말로 한 사람의 인생에 있어서는 더없이 잔혹한 주인공이었다.

제리드의 혼잣말에 카미유는 왜 그렇게 발끈했던 것일까? 카미유는 이름도 이름이지만 생김새도 고운 편이다. 카미유가 자신의 성향을 부끄러워하지 않았더라면 제리드에게 주먹을 내지르는 일도 없었을 수 있고, 어떤 비극들은 일어나지 않았을는지도 모른다.

카미유의 제리드를 향한 주먹질도 그렇지만, 건담 시리즈는 이상하게도 손찌검이나 주먹질이 잦다. 이는 수평적인 관계보다 수직적인 관계에서 많이 발생한다. 어른이 애를 때리거나 반대로 애가 어른을 때리거나 하는 식이다. 말이 안 통하는 상대이니까 주먹으로 해결해야 한다는 것일까? 건담만의 괴이한 사고는 「기동전사 Z 건담」에도 녹아 있는데, 여기에는 행동 교정을 위해 폭력을 행사하는 일을 '수정'이라고 부르고 있다.

이러한 '수정'은 「기동전사 건담」 「기동전사 Z 건담」 「기동전사 건담 ZZ」에 이어 계속 등장한다. '수정'에 관해 특히 유명한 대목들이 있다.

1) 「기동전사 건담」
브라이트 노아에게 맞은 아무로가 "두 번이나 때렸어! 아버지에게도 맞은 적 없는데!"라고 하는 장면.
2) 「기동전사 Z 건담」
카미유가 "이 악물어. 그런 어른 수정해주겠어!"라고 외치며 크와트로 버지나를 때리고, 맞은 크와트로가 눈물을 흘리며 "이것이 젊음인가……"라고 하는 장면.

3) 「기동전사 건담 ZZ」

"브라이트 씨 많이 죽었다고 많이……"라며 울먹이는 쥬도. 브라이트가 "나를 때려서 마음을 풀어라!"라고 하자 쥬도가 눈물을 흘리며 강펀치를 날리는 장면.

'수정'의 효과는 어떠한가? 애매하다. 군인이 아닌 소년을 강제 출격시키기 위해 어른들이 행하는 폭력은 잠시 복종의 효과를 낳지만, 그것으로 인해 본성이 '수정'되는 것은 아니다. 실제로 이러한 목적의 폭력이 아닌, 인간 근성의 변화를 이끌어내기 위한 '수정'은 그 효과를 제대로 발휘해내지 못한다. 당연한 소리지만 얼굴 한두 대 세게 맞는다고 인간 본성이 바뀌거나 하는 건 아니다.

'때려야 말을 듣는다'는 생각은 오늘날에도 가정이나 교실, 군대 등에 공공연하게 드러나고, 또 옹호되고 있는 게 현실이다. 하지만 폭력은 아무것도 변화시키지 못한다. 폭력은 그저 학습될 뿐이라는 걸, '수정'이라는 말을 배우자마자 신나서 바로 써먹는 카미유를 통해 우리는 알 수 있다.

카미유와 그의 탑승기인 건담에 초점을 맞춰본다면, 「기동전사 Z 건담」은 천재가 자신의 재능을 하나의 일에 온전히 바치다가 자신을 완전히 소진하고 망가지는 이야기다.

(개념이 불명확하긴 하지만) 작중 뉴타입들은 살아 있는 이들뿐 아니라 우주에서 죽어 떠도는 혼과도 정신 파를 통해 공명하는데, 카미유는 이 뉴타입 재능을 최고 수준으로 보여주는 인물이다. 극 후반부, 전사자들이 늘어나자 카미유는 황망해하며, 티탄즈 장교 야잔 게이블에게 중얼거린다. "생명은 힘이다. 이 우주를 지탱하는 거다. 그걸 이렇게 간단히 잃는 건…… 그런 건 심하잖아. 너 같은 놈은 쓰레기다! 살려줘선 안 되는 놈이야!" 카미유의 의지와 공명한 건담은 일순간 무적의 배리어를 두르고, 거대한 빔샤벨을 휘두른다.

이 무의식중에 발현된 제타의 힘을 지켜봤던 에마 신은 이후 카미유에게 이러한 유언을 남긴다. "내 목숨을 빨아들여. 그리고 이기는 거야. 나는 봤어. 제타는 인간의 영혼을 빨아들여 강해지는걸. 많은 사람이 지켜보고 있어. 너는 혼자가 아니야."

그리하여 비극의 굴레가 성립된다. 전쟁이 계속되면 생명이 소멸된다. 전쟁을 끝내기 위해서는 제타 건담의 힘이 필요하다. 제타 건담이 진정한 힘을 발휘하기 위해서는 두 가지가 필요하다. 많은 사람의 목숨. 그리고 그 죽음들에 반응할 예민하고 강력한 정신. 죽음이 계속되는 것을 막기 위해 더 많은 죽음을 필요로 하는 역설이 생기며, 그 역설을 견뎌내야 할 초인 하나가 있어야 하는 것이다.

카미유와 제타 건담의 관계는 마치 하나의 걸작을 완성하기 위해 자신의 목숨을 바치는 예술가와 그 작품의 관계처럼 보이기도 한다. 혹은 다른 사람의 예술을 완성하는 데 동원되는 제자나 연인, 뮤즈 같기도 하다. 슬픈 문제라면, 카미유의 천재적인 재능은 예술에 있는 것이 아니라 전쟁에 있었다는 것이다.

「기동전사 Z 건담」의 전반적인 색채는 매우 음울하다. 어린이를 대상으로 한 애니메이션 흉내라도 냈던 전작과 달리 이번 작품은 처음부터 끝까지 진지한 분위기다. 이야기가 깊어지며 등장인물들은 하나씩 고통받고, 배신하고, 죽고, 미쳐간다.

인물호character arc를 중심으로 보면 「기동전사 Z 건담」은 예민한 성장기의 소년이 전쟁을 통해 어떻게 성장하는 동시에 붕괴하는가를 그리는 이야기다. 천재적인 뉴타입 카미유 비단은 눈앞에서 어머니가 MS의 총기 난사에 갈기갈기 터지는 것을 보고, 아버지도 여읜다. 적이었지만 사랑하던 이가 죽고, 정서적으로 교감한 이들이, 전장을 함께 지나온 동료들이 여럿 죽어나간다. 카미유는 주변 인물들이 죽을수록 성장하는 듯이 보이지만, 사실 이는 참된 성장이 아니라 감정이 무뎌지고 정신이 망가지는 과정이다. 조금씩 이상행동을 보이던 카미유는 마침내 최종 장에서 강력한 뉴타입이었던 팝티

머스 시로코가 죽음 직전에 사념을 담아 내지른 저주에
영향을 받아 정신이 붕괴하고 만다.

"와! 크다! 혜성인가! 아니야, 달라. 다르군. 혜성은 좀 더
화악 하고 움직인다고! 이봐요! 꺼내주세요! 네?"
—카미유 비단이 정신 붕괴 이후 중얼거리는 대사 중에서

주인공이 승리의 영광도, 숭고한 죽음도 맞이하지 못
한 채 그저 정신 붕괴를 겪고 폐인이 되고 마는 이러한
결말은 오늘날에도 여전히 경악스럽다. 어쩌면 연이어
방송된「기동전사 건담 ZZ」의 유치하고 해맑은 시작은
어린이들을 이 급작스러운 충격에서 벗어나게 하기 위
한 긴급 처방이었는지도 모른다.

내가 건덕후는 아니지만 3

「기동전사 건담 ZZ」

애니메이션이 아니야!

애니메이션이 아니야!

진짜란 말이야!

「기동전사 건담 ZZ」의 주제곡은 이러한 내용으로 시작된다. 그러나 "애니메이션이 아니야!"라는 외침과 달리 「기동전사 건담 ZZ」는 건담 초기 3부작 중 가장 애니메이션 같은 작품이다. 저 주제가에 쓰인 '애니메이션'이라는 단어가 '어린애들이나 보는 허무맹랑한 이야기'라는 정도로 여겨졌을 당시의 인식을 반영한다면 말이다.

여러 소년·소녀들로 구성된 주인공 일행은 쉴 새 없이 사건·사고를 일으키며 개그를 선보이고, 이는 이번 작품에서 주적으로 등장하는 지온군 역시 마찬가지다. 주인공 기체인 더블 제타는 퍼스트 건담이 잠깐 그랬던 것처럼 다시 합체 로봇 같은 모습을 보여주고, 합체 후 멋있는 폼을 잡는다. 그리고 주인공 쥬도는 "가라, 하이메가 캐논!!!"이라고 필살기를 외친다. 이는 기존 로봇만화들에서 볼 수 있었던 전형적인 장면들이다.

나쁘게 말하면 유치찬란한, 좋게 말하면 순수하고 발랄한, 고전적인 로봇 만화로 회귀했어야 했는지는 알 수 없다. 하지만 처음부터 끝까지 그러한 분위기를 유지했다면 나름의 일관성이라도 갖췄을 텐데,「기동전사 건담 ZZ」는 전반부와 후반부의 성격 또한 판이하게 달라 혼란스러운 작품이다. 초반부는 개그물처럼 진행되다가* 중반이 지나면서 원래 건담과 같은 진중한 느낌으로 흘러간다. 20화에서 지온군에게 스파이로 이용당하는 민간인의 죽음을 겪는 대목부터다. 초반에 개그를 펼치다 잠시 퇴장한 마슈마 세로는 좀 더 진지한 느낌으로 돌아와 활약하며, 초중반 수치스러운 개그만 보여주던 초임 장교 그레미 토토는 뜬금없이 극의 흐름을 뒤바꾸는 중역으로 떠오른다.

혼란스러운 건 내용만이 아니다. 초반 몇 화 동안 주제가가 흐르는 인트로에서 주인공 일행과 함께 단체 컷으로 등장하던 마슈마 세로는 어느 순간 갑자기 단체

---

* 물론 이 개그 와중에도 죽어나갈 적들은 죽어가므로, 이 밝은 분위기는 참혹한 현실과 부딪히며 순간순간 기괴한 느낌의 부조화를 보여준다. 지온군 병사들이 울면서 죽은 동료들을 묻어주는 장면은 슬프다기보단 우스꽝스럽다.

컷에서 제외된다. 주인공 일행에 합류할 예정이었다가 급작스레 시나리오가 변경되기라도 했던 걸까? 게다가 이 일관되지 않은 작명은 뭔가? 「기동전사 건담」과 「기동전사 Z 건담」 다음에는 '기동전사 ZZ 건담'이 제목이 돼야 하지 않았을까? 왜 「기동전사 건담 ZZ」가 되었을까? 정말 처음부터 끝까지 혼란스러운 작품이 아닐 수 없다.

카미유는 지난 작품에서 폐인이 되어버렸기 때문에, 이를 대신할 새로운 주인공이 등장한다. 쥬도 아시타는 '샹그릴라'라고 불리는 낡은 콜로니에서 또래 패거리와 함께 고철 수집을 하며 먹고사는 소년이다. 쥬도 일행은 전후 가난한 시절 아이들 패거리가 보일 법한 여러 행동을 그대로 일삼는데, 도덕관념에 얽매이지 않고 범법도 쉽게 저지르는 모습을 보인다. 쥬도가 건담의 파일럿이 된 것 역시 전작 주인공들처럼 우연이긴 하지만, 이쪽은 어쩌다 보니 탑승한 게 아니라 건담을 훔쳐서 팔아먹으려는 생각이었다.

쥬도는 지난 주인공들인 아무로 레이, 카미유 비단과는 확실하게 대조된다. 앞의 두 사람이 좀 내성적이고 괴팍한 성격인 데 비해 쥬도는 약간 반항적이지만 대담하고 자유분방한 쾌남아 타입이다. 쥬도의 이러한 면모가 「기동전사 건담 ZZ」 초반의 고전적인 소년 만화풍 전개와 잘 어울리기에, 이제껏 보아온 건담의 분위기를 잊는다면 나름의 활극 같은 맛은 분명히 있다.

한편 뉴타입 기질은 아무래도 내면이 예민한 이들에게서 더 쉽게 발현되는 것인지, 쥬도는 뉴타입 적성이 있음에도 불구하고 그 자질이 아무로 레이나 카미유 비단에 비해 제대로 드러나지 않는 모습을 보인다. 쥬도가 처음 뉴타입을 느낀 것도 폐인이 된 채 누워 있는 카미유를 우연히 보았을 때부터이며, 뉴타입의 감각을 크게 발달시키기 시작한 것도 '뉴타입의 신'이 된 듯한 카미유와 접신하고 나서부터였다.

「기동전사 건담 ZZ」에서 가끔씩 확인되는 전작의 주인공, 카미유 비단의 모습은 전작을 본 이라면 반갑고도 슬프게 보일 것이다. 스페이스 콜로니 낙하라는 재앙을 앞두고 파도치는 바닷가의 바위에 쓸쓸하게 앉아 있는 그의 뒷모습은 마치 신의 뒷모습처럼 보인다. 실제로 그는 정상적으로 사고하고 말할 수 있는 상태가 아님에도 불구하고 영적인 목소리를 통해 쥬도를 도와준다. 모든 것을 다 보고, 다 알려주지만 들을 능력이 없는 이는 들을 수 없다. 들을 수 있다 해도 다가올 재앙을 어느 누가 막을 수 있단 말인가. 카미유 비단을 통해 떠오르는 이미지란 세계가 어떻게 망가지는지 알고 있음에도 그 세계의 잘못됨을 바로잡지는 못하는 무능하고 슬픈 신의 초상이다. 다만 그는 겨우 한 인간을 눈 뜨게 할 수 있을 뿐이다.

「기동전사 건담 ZZ」에서 좋아하는 캐릭터는 엘, 루 그리고 하만이다. 셋 모두 다 남성 중심 세계에서 비중 있게 활약하는 여성 캐릭터다.

우선 엘 비안노.* 초반부터 엄청난 파일럿 재능을 보여주는데, 건담 MK-II에 탑승할 때 설명서만 읽고 조작한다. 쥬도 일행의 파일럿 적성이 비정상적으로 뛰어난 편임을 감안하더라도, 일반적으로 훈련된 파일럿조차 건담을 제대로 다룰 수 없다는 점으로 미루어볼 때 놀라운 대목이다. 메카닉 마니아였던 초대 주인공 아무로 레이조차 설명서를 읽고 나서도 조작에 꽤 허둥댈 정도였으니 말이다. 쥬도 일행이 새로운 전함 넬 아가마를 떠맡게 되었을 때도 이것저것 대충 두드려보고 조작을 다 파악하는 것으로 보아 엘은 메카닉 전반에 천부적인 재능이 있는 캐릭터다.

엘은 기계만 잘 다루는 것이 아니다. 엘의 활동 범위는 휴대용 박격포를 쏘는 작전 현장부터 전투적인 가사 노동의 현장까지 다양하다. 그야말로 몸이 어떻게 남아나고 있는지가 궁금할 정도이다. 건담은 미래임에도 불구하고 지극히 가부장적인 세계인데, 함 내에 있는 남자들 중 가사 활동을 제대로 돕는 이는 사실상 없다. 요

* 참고로 엘 비안노의 이름이 레즈비언에서 유래했다는 이야기가 있다. 나도 일본 웹사이트에서 읽은 것이지만, 이에 따르면 토미노 요시유키의 해석이라고(일본식으로 읽으면 레즈비언≒에르비안노).

리와 빨래는 여성과 아이의 몫이다. 여성들 대부분은 남성과 똑같이 MS를 타고 출격하는 데도 말이다. 이 불합리함에 합당한 분노를 표출하는 이 역시 엘이다.

엘은 성격 또한 대단히 멀쩡하다. 건담에서는 이 '멀쩡한 캐릭터'가 상당히 귀한데, 정말이지 보편적으로 올바르게 생각하고 행동하는 인물들이 선한 역이든 악역이든 드문 편이기 때문이다. 전쟁으로 인간성이 망가진 탓인지 대부분 어딘가 나사 빠진 듯이 행동하는데, 엘 비안노는 그 와중에 가장 올바르고 성숙하게 생각할 줄 아는 인물이다. 쥬도 일행이 의롭지 못하게 굴거나 분위기 파악이 안 되는 말을 할 때, 엘은 무조건 바른말을 하며 먼저 움직인다. 한 에피소드에서 비챠 올레그가 "여자는 무서워"라고 하자 "그렇지 않아. 남자가 멋대로 좋아한 것뿐이잖아"라고, 자주 착각에 빠져 사는 뭇 남성들에게 한마디 던지는 엘. 어쩌면 그는 우주세기에서 가장 정치적으로 올바른 인물일지도 모른다.

루 루카를 좋아하는 이유는 어찌 보면 엘 비안노와 정반대에 있다(실제로 둘은 작중에서 성격이 너무 달라 앙숙으로 지낸다). 주로 제타 건담의 파일럿으로 활약하는 루 루카는 한마디로 전형적인 남자들을 엿 먹이는 캐릭터다. 자신을 좋아한다는 이유만으로 질척거리고 불쾌하게 구는 그레미 토토의 마음을 이용해 뒤통수를 치고, 심지어 죽이기까지 하는…….

특히 30화 '청의 부대' 편에서 루 루카가 예술남을 만나는 대목은 그야말로 가관이다. 경계가 삼엄한 도시에 들어가려다 붙잡힌 루 루카를 구해주는 예술남. 그가 루를 구한 이유는 "예술의 소재가 될 만한 것을 찾고 있었"기 때문이다. 이후에 이어지는 그 예술남의 말을 나열함으로써, 루 루카가 겪은 고초를 상상해보자.

— (루 루카의 얼굴을 붙잡고) 그래, 바로 당신이야. 당신이 야말로 예술이다.

— 누드만이 예술이라고! 초보자!

— (루를 바에 데리고 가서는) 루는 오랜 여행에 힘들어하고 있어. 식사가 끝나면 느긋하게 쉬는 곳에 가자고.

— (떠나려는 루에게) 너도 쓸쓸하잖아. 등에 그렇게 쓰여 있어.

— (혼자 남게 된 뒤) 예술가의 불행은 사랑과 꿈에 달렸다 ……

루 루카가 남자들에게 하는 행동은 당연한 정당방위라고 생각한다. '진정한 남성'에 가까운 이들일수록 루 루카를 '악녀' 취급하며 싫어하는 듯하다.

서로 결은 조금 다르지만 엘 비안노와 루 루카는 분명히 페미니즘 가까이에 있는 인물들이다. 사실 엘과 루 외에도 초기 건담의 여성들은 주체적인 타입이 많은 편이다. 퍼스트 건담에서는 (비록 전형적인 마녀 느낌이 나는 디자인이었지만) 자신만의 야욕을 가지고 움직이는 키시리아 자비가 있었고, 비겁한 남자의 뺨을 후려치는 세일러 마스가 있었으며, 제타에서는 자신의 신념으로, 또는 욕망으로 몸담고 있던 조직을 배신하는 레코아 론도와 에마 신이 있었다. 그리고 젊은 나이에 모두를 사로잡는 카리스마와 최고의 파일럿 실력으로 지온군의 섭정을 역임하는 하만 칸이 있다. 「기동전사 Z 건담」부터 출연해 긴 시간 활약하며 극의 긴장감을 불어넣는 하만 칸과 쥬도의 마지막 대결은 그야말로 「기동전사 건담 ZZ」의 백미다.

하만: 사람은 살아 있는 동안 혼자야. 인류 그 자체도 그렇다. 네가 보여준 것처럼 인류 전체가 뉴타입으로 될 수 있을 것 같나! 그전에 인류는 지구를 망가뜨리고 말 거야!

쥬도: 그렇게 사람을 믿지 못하는 거냐! 증오는 증오를 부를 뿐이라는 것을 모르나! (……) 머리만으로 생각하지 마라. 지금 가진 육체에만 사로잡혀 있으니까!

하만: 육체가 있기에 할 수 있는 것이다!

그렇게 둘은 격돌한다. 하만은 쥬도에게 근소하게 패배하지만, 쥬도가 지적하듯이 하만은 자신의 전력을 다하지 않았다. 사실상 자살한 것이다. 그가 왜 그랬는지 그 마음을 알 듯 모를 듯하다. 저 둘의 격론에서 나는 언제나 하만의 편이기 때문이다. 그리고 지금의 모습을 보면 더더욱 하만이 맞는다는 확신이 든다. 그러나, 하만은 자신이 맞는다는 걸 알고 있음에도 차라리 그것이 틀렸으면 싶은 마음 아니었을까. 그러한 마음으로 가능성에 자신의 목숨을 바친다는 것은 너무나 안타까운 일이었지만. 아무튼, 허구한 날 남자들 놀리기나 하지, 괴뢰군 수장이랑 섭정은 다 여성이지……. 어쩌면 토미노 요시유키는 페미니스트인지도 모르겠다(농담).

내가 건덕후는 아니지만 4

「기동전사 건담: 역습의 샤아」

「기동전사 건담: 역습의 샤아」(이하 「역습의 샤아」)는 퍼스트 건담 때부터 적으로, 동료로, 다시 적으로 만난 라이벌 아무로 레이와 샤아 아즈나블의 마지막 이야기다. 초기 건담 시리즈의 종막이기도 하다.

본작은 「기동전사 건담 ZZ」 이후의 시간을 다루고 있다. 하만 칸이 죽은 뒤 와해되던 지온을 샤아 아즈나블이 재규합, 지구에 대항한다는 것이 기본 배경이다. 아니, 대항이라고 하면 그저 독자적 세력을 구축해 견제한다는 느낌이니 적절하지 않은 것 같다. 샤아 아즈나블의 목적은 지구인 숙청이니까. 샤아는 지구인들을 몰살시키기 위해 소행성 액시즈에 핵무기를 채우고, 그 행성을 지구로 떨어뜨린다는 계획을 세운다. 이 몽상적이고도 참혹한 작전을 저지하기 위해 지구연방군 소속 독립부대 론도 벨이 나서게 된다.

샤아의 터무니없는 계획은 거의 성공 직전이었지만,

역시나 터무니없게 뉴 건담에 탑승한 아무로 레이가 소행성을 밀어내면서 실패하고 만다. 일개 MS가 어떻게 소행성을 밀어낼 수 있었는지에 관해서는 극 중에서도 미스터리였던 것으로, 훗날 이는 '액시즈 쇼크'라 불리게 된다.

이 작품은 한때 건담 커뮤니티에서 건담에 입문하려는 이들에게 추천되던 작품이다. 명작이라고 불렸고 약두 시간 분량의 극장판이라서 감상 시간이 짧다는 점때문이었다.

하나 이는 적절하지 못한 추천이다. 역습의 샤아는 전후 내용이나 맥락을 알지 못한 채 본다면 이해하지 못하거나 오해할 수 있는 대목들이 너무나도 많기 때문이다. 가령, 퀘스 파라야는 왜 이상한 행동을 하는가? 아무로와 샤아의 관계는 어떤 것인가? 샤아는 왜 지구인들을 몰살시키려고까지 하는가? 이는 앞서 TV로 방영된 건담들을 전부 본 다음에도 숙고해서 생각해야 할 대목들이다. 이 때문에 건담을 본 적 없는 이들이 역습의 샤아를 본다면 이야기의 단편적인 부분밖에 볼 수 없게된다.

내용이 난해한 것은 편집 때문이기도 하다. 나는 토미노 요시유키 감독의 연출이 영화에 걸맞다고 생각하지 않는 편이다. 극장판은 시간적 제약이 TV판보다 크기 때문에 극장판에 걸맞은 볼륨의 이야기를 준비하고 편집해야 하는데, 토미노 요시유키는 대체로 TV판에서 다루면 걸맞을 볼륨의 이야기를 그냥 어떻게든 압축해서 보여주는 편이다. 따라서 거칠게 생략되는 부분들이 많으며, 그 특유의 토미노부시와 맞물리면 난해함이 한층 증가하게 된다.

이 난해함이 극점에 달하는 것이 극의 클라이맥스다. 아무로의 뉴 건담과 샤아의 사자비는 지구로 낙하하는 소행성 액시즈 위에서 격돌을 벌인다. 격돌의 승리자는 뉴 건담. 아무로는 샤아가 탑승하고 있는 사자비의 콕핏(조종석)을 액시즈에 처박은 뒤, 액시즈를 밀기 시작한다.

(계속해서 떨어지는 액시즈를 무의미하게 밀면서)

샤아: 살고 싶었으면 너에게 사이코 프레임에 관한 정보도 안 줬겠지.

아무로: 뭐라고?

샤아: 허술한 모빌슈트랑 싸워 이겨봤자 의미도 없어. 하지만 이건 난센스군.

아무로: 사람을 우습게 만드는군. 너는 그러면서 영원히 타인을 깔보며 살아왔어.

이 대목에서는 아무로에 대한 샤아의 기묘한 감정을 엿볼 수 있다. 샤아는 자신의 작전을 안전하게 성공시

킬 수 있었음에도 아무로라는 가장 큰 불안 요소가 활약할 수 있도록 아무로를 도운 것이다. 아무로에 대한 라이벌 의식에서 비롯된 샤아의 열등감을 보여주는 대목이라고만 읽을 수도 있겠지만, 퍼스트 건담과 제타 건담을 지나며 쭉 이어져 오는 둘의 관계를 살피자면 그런 옹졸한 의식만이 전부는 아닐 것이라고 생각할 수밖에 없다. 둘은 호적수인 동시에 한 여성(라라아 슨)의 사망 문제가 얽힌 원수이자, 함께 더 나은 세계를 만들려 했던 동료, 그리고 뉴타입으로서 두 눈으로 보지 않고도 서로를 느낄 수 있는 친구이기 때문이다. 극장판 「기동전사 Z 건담 A New Translation」에서 보여준 아무로와 샤아의 재회 장면은 그 둘의 복잡 미묘한 관계를 잘 보여준다.

(이어, 사이코 프레임이 내뿜는 빛 속에서 죽음을 앞둔 채 펼쳐지는 격정의 토미노부시)

샤아: 그런가. 하지만 이런 따뜻함을 가진 인간이 지구마저 파괴하고 있다. 그걸 모르나? 아무로!

아무로: 알고 있어! 그러니 세계에 인간의 마음속 빛을 보여줘야 하는 거야.

샤아: 그런 남자치고는 퀘스에게 냉정했군, 응?

아무로: 난 기계가 아니야. 퀘스의 아빠 노릇은 해줄 수 없어. 그래서 넌 퀘스를 기계처럼 대했나?

샤아: 그런가. 퀘스는 아버지를 갈구했던 건가? 난 그걸 귀찮다고 생각해서 퀘스를 기계로 만들어버렸군.

아무로: 너라는 남자는 어쩌면 그렇게 속이 좁을 수 있나!

샤아: 라라아 슨은 나의 어머니가 되어줬을지도 모르는 여성이었다. 그런 라라아를 죽인 네가 할 말인가!

아무로: 어머니? 라라아가?

이 말을 끝으로 아무로는 짧고 낮은 비명을 지르고, 둘은 더 이상 등장이 없다. 건담 시리즈를 상징하는 두 주역이 죽음 직전에 나눈 것치고는 너무 어이가 없는 저 대화는 그야말로 토미노부시의 상징인 탓에 오늘날까지도 회자하고 있다. 그러나 저 둘의 이상한 대화는 건담 시리즈를 통해 쌓아 올린 맥락 위에 놓인 것이다.

건담의 주요 인물들은 대부분 부모 문제를 겪는다. 우선 그나마 초대 주인공 아무로 레이를 보자. 아무로 레이의 아버지 템 레이의 관심은 오직 기계에만 향해 있다. 아들에 별 관심 없는 그는 이후 기계에 미친 정신병자가 되어버린다. 그의 어머니는 우주로 이주할 생각이 조금도 없었기에 어린 아무로를 그런 아버지와 함께 우주로 떠나보낸다.

제타 건담의 주인공 카미유 비단의 아버지는 대놓고 불륜을 일삼고 있으며, 어머니는 일에 빠져 사는 탓에 아들에게 별 신경도 쓰지 않고 딱딱하게 대한다. 그 둘은 전쟁에 휘말려 곧 모두 시체가 된다. 더블제타의 주인공 쥬도 아시타는 부모가 콜로니 바깥으로 모두 돈을 벌러 나가, 여동생 리나와 함께 사실상 고아들처럼 살고 있다. 모두 부모의 사랑을 제대로 받지 못한 채 자란 소년들이라는 공통점이 있다(「기동전사 건담 UC」의 주인공 버나지 링크스 역시 어머니를 일찍 여의고, 아버지와는 어릴 적 헤어져 얼굴도 모른다).

샤아 아즈나블도 다르지 않다. 그의 아버지는 지온 즘 다이쿤으로, 뉴타입론을 펼친 사상가이자 지온 공화국의 초대 수상이다. 「기동전사 건담 THE ORIGIN」에 따르면 그의 어머니는 아스트라이아 토아 다이쿤으로, 지온 즘 다이쿤의 후처이다. 샤아의 아버지는 정치 문제로 독살당하며, 어머니와도 그 무렵 강제로 헤어진다(어머니는 탑에 갇혀 지내다가 죽는다). 그 때문에 제타 건담 등에서 샤아 아즈나블은 작중 제대로 된 부모 내지 어른의 역할을 할 능력이 자신에게는 없음을 종종 피력한다. 자신에게 보고 배울 부모-어른이 부재했기 때문이다.

누군가의 부모-어른이 되는 대신에 샤아가 하는 것은 자신의 결핍을 채워줄, 자신보다 성숙한 영혼을 지닌 여성들을 찾는 일이다. 일년전쟁 중 만난, 가장 강력한 최초의 뉴타입 중 하나였던 라라아 슨이 그에게는 자신의 결핍을 채워줄 어머니 같은 존재였다고 그는 (아마도 훗날 그렇게) 생각하게 된다. 어떻게 보면 아무로 레이와 샤아 아즈나블 모두 뉴타입 자질의 개화에 있어서는 그녀에게 빚지고 있으므로, 뉴타입 인간으로 새로 태어난다는 관점에서는 모두가 라라아 슨의 자식들이었던 셈이다. 그러나 그녀는 일년전쟁 중 샤아를 지키려다가 아무로의 손에 죽는다. 삼각관계는 영영 깨진 파편으로 남아 그들의 영혼에 박혀 있다.

둘의 마지막을 조금 더 이해하기 위해, 샤아 아즈나블의 '지구 한랭화 작전'의 저의를 더 살펴보자. 샤아 개인에게는 아버지 지온 줌 다이쿤을 독살한(것으로 추정되는) 자비 가문에 대한 원한의 해결이기도 했던 일년전쟁이 끝난 후, 그는 크와트로 버지나라는 가명으로 지구연방군 소속 집단 에우고에서 활동한다. 일년전쟁 이후 샤아 아즈나블이 지온 줌 다이쿤의 아들이었다는 사실은 세간에 알려진 상태였기에, 그가 크와트로 버지나가 아닌 샤아 아즈나블로서 살아가며 스페이스노이드를 차별하는 지구연방에 맞서고, 나아가 지구연방을 개혁하는 지도자 역할을 해주기를 많은 이가 바랐다. 샤아는 갈등하지만 실제로 그럴 생각이 없었던 것 같지는 않다. 「기동전사 Z 건담」 37화에서 샤아 아즈나블은 다카르에 있는 연방의회에 잠입, 생방송 중인 카메라 앞에서 티탄즈의 악행을 고발하는 연설을 한다.

"나는 이 장소를 빌려 지온의 의지를 잇는 자로서 말하고 싶다. 사람들이 우주로 나간 것은, 지구가 인간의 활동으로 무너져가는 것을 피하기 위해서였다. 지구를 자연의 요람으로 되돌리고, 인간은 우주에서 자립하지 않는다면 지구는 물의 행성으로 유지되지 못한다. 지금 모든 사람이 이 아름다운 지구를 보존하고 싶다고 생각하고 있다. 그렇다면 단지 자신의 욕구를 채우기 위해서 지구에 기생충처럼 들러붙어 있어 좋을 리가 없다!"

—샤아 아즈나블의 다카르 연설 부분

이 연설은 역습의 샤아에서 샤아 아즈나블이 보여주는 극단적인 행동의 씨앗이라고 평가받고 있다. 제타건담 극 중에서 샤아 아즈나블은 그리프스 전역에서 실종 처리된다. 이후 더블제타에서는 브라이트 노아와 세일러 마스(샤아 아즈나블의 여동생) 사이의 대화에서 샤아에 관한 인물평이 오간다.

세일러 마스: 샤아 아즈나블이 어떻게 됐는지 모르십니까?
브라이트 노아: 그를 조사할 때가 아닙니다……. 그는 어딘가에서 우리들이 하는 것을 보고 있겠지요. 그리고 뭔가 생각하고 있어요. 하지만 위험한 느낌이 드는군요. 그는 그것을 능가해서 구체적인 행동으로 옮기는 그런 준비를 하고 있는 것이지요.

세일러 마스: 그런 오빠는 보고 싶지 않아요. 그냥 죽어 주었으면……. 야심과 망상이에요. 뭔가 우주의 의지와 같은 것에 따르지 않으면 안 된다고 생각하고 있어요.

이런 흐름을 살피자면 샤아는 그리프스 전역 이후 가까스로 생존해 고민의 시간을 가졌으며, 이 와중에 현재의 지구인들에게 희망은 없다는 쪽으로 생각이 굳은 듯하다. 그러나 보통 사람이라면 그것만으로는 액시즈를 떨어뜨릴 생각까지 하지는 않는다. 그의 이상행동은 동생 세일러 마스의 말에서 그 단초를 찾을 수 있다. "야심과 망상" "우주의 의지"라는 대목이 그것이다. 세일러 마스의 말이 가리키는 것은 무엇일까?

더 건담 위키를 따르자면, 샤아 아즈나블의 아버지 지온 즘 다이쿤이 주창한 지오니즘(그뉴타입론)의 골자는 다음과 같다. 지온 즘 다이쿤의 지오니즘의 요체인 콘톨리즘Contolism은 에레이즘Ereism과 사이디즘Sideism으로 나뉜다. 에레이즘은 "지구는 신성시되어야 하며, 이것은 인류가 항상 지구를 벗어나 우주에서 살아야 한다는 것"을 말한다. 사이디즘은 "모든 우주 식민지는 지구연방으로부터 독립해야 한다는 것"을 말한다.

작중 지구가 "어머니"의 위치에 번번이 놓였던 것을 상기한다면, 나와 같은 생각에 도달한 이들이 있을지도 모르겠다. 샤아의 망상은 부모와 관련되어 있다고 볼 수 있다. 샤아에게 아버지는 하나다. 그의 아버지는 지온 즘 다이쿤이며, 이는 스페이스노이드의 정신적인 토대인 동시에 샤아 그 자신에게도 다르지 않은, 즉 스페이스노이드의 예수와도 같은 존재다. 따라서 죽어서도 대체 불가한 지온 즘 다이쿤은 그대로 아버지의 자리에 놓인다. 어머니의 자리에는? 라라아 슨이 앉을 수도 있었지만 그녀는 우주의 영혼이 된 지 오래다. 그러나 아직 죽지 않은, 하지만 고통받는 어머니가 있다……. 바로 지구다. 그는 아버지의 자리에 지온 즘 다이쿤을 두고, 어머니의 자리에 지구를 두면서 아버지가 만든 이상론을 실천으로 옮기려 한 것이다……. 지구를 핵겨울 상태로 만들어 모든 지구인을 말살하고 지구를 성역화시키겠다는, 아주 잘못된 방식으로.

그런 맥락 속에서 아무로의 저 마지막 대사, "어머니? 라라아가?"는 황당함으로 인한 반문이 아니다. 그것은 무지 속 어렴풋한 깨달음의 반문이다. 아무로의 어머니는 살아 있었고, 그는 어머니를 원망했지만 사랑했으며 그의 어머니 또한 아무로를 사랑했기에 부모의 부재로 인한 샤아의 심정을 완전히 이해하지는 못했다. 더불어 아무로에게 있어 라라아 슨은 어머니의 위치에 있는 것이 아니라 연인의 위치에 있었다. 아무로는 단순히 라라아를 자신의 애인이 될 수도 있었으나 라이벌의 애인이 되었던 사람이었다고 생각했다. 그런데 샤아에게 라라아는 그 이상의 사람이었으며, 나아가 아무로 자신에게도 (뉴타입의) 어머니가 될 수 있었던 사람이었음을, 아무로는 죽음 직전에야 샤아의 말을 통해 깨달았던 것이다.

"내가 부모의 사랑을 받고, 어른으로 성장할 기회를 뺏어 간 놈이 감히 나한테 어른처럼 굴라고 말하는 거냐?"

따라서 샤아의 마지막 토미노부시는 위와 같이 해석될 수 있다. 샤아가 액시즈를 낙하시키는 그 작전의 기원에 자신의 손으로 저지른 살인이 있었음을, 아무로는 최후에야 안다. 이 성녀 살해로 벌어진 종말을 막기 위해 아무로는 대속의 길을 걷는다. 그리고 불가해한 기적의 현현 속에서, 최악의 적이자 친구였던 애증의 존재들은 함께 우주의 저편으로 사라진다. 비로소 우주세기는 새로운 역사를 써 내려갈 수 있게 되었던 것이다.

하지만 멋진 건 멋진 거지

「캐슬바니아」

너무 멋져 보이려는 것과 너무 멋진 것을 명확한 이유를 들어 설명할 수 있을는지 모르겠지만, 내게는 「카우보이 비밥」이 너무 멋져 보이려는 애니메이션이었다면 「캐슬바니아」는 어쨌든 너무 멋진 애니메이션이다. 이 애니메이션은 어떤 구질구질한 설명도, 개똥철학도 늘어놓지 않는다. 그저 때리고 부수고 가르고 찢으며 이를 통해 인간 세상의 추하고 아둔한 면모를 조금 드러내줄 뿐이다.

「캐슬바니아」는 넷플릭스를 통해 배급된 애니메이션으로, 코나미의 유명한 액션 게임 시리즈인 「악마성 전설」을 원작으로 두고 있다. '캐슬바니아'라는 제목부터가 게임 「악마성 전설」의 북미판 제목이다. 80년대에 패밀리 컴퓨터로 첫 작품이 발매된 이후로 수많은 작품이 나온 시리즈인 만큼 작품마다 차이는 있지만, 흡혈귀 사냥꾼 또는 흡혈귀를 주인공으로 하여 드라큘라의

성을 탐색하고, 적을 해치우며 진행한다. 으스스한 호러 이미지의 클리셰들이 호쾌한 액션과 만나며 독특한 스타일로 거듭난 시리즈로, 한 장르를 대표하는 불후의 명작을 다수 배출해냈다.

제작 당시에 들려왔던 우려의 목소리는 이 게임의 팬층이 두껍다는 걸 보여준다. 게임과 영화는 오래전부터 서로 불편하게 얽힌 관계인데, 게임을 원작으로 한 영화나 영화를 원작으로 한 게임들은 대부분 쓰레기이기 때문이다. 왜일까? 내가 모르는 여러 이유가 있을 것이다. 가령 블리자드의 동명 게임을 원작으로 한 영화 「워크래프트: 전쟁의 서막」 또한 쓰레기인데, 감독이 「더 문」 「소스 코드」 등을 감독한 덩컨 존스라서 좀 놀랐다. 그 영화가 쓰레기처럼 만들어진 까닭은 후일 밝혀지기를 투자자들의 입김이 크게 작용해서 그랬다고 한다. 그런 이유에서든, 아니면 제작자들이 원작 영화나 게임 각각에 크게 관심이 없어서이든, 또는 그냥 애초에 원작 팬들의 주머니나 더 털어 가려는 불순한 의도로 제작되는 탓이든 간에 게임 원작 영화나 영화 원작 게임은 대부분 쓰레기 같다.

개인적인 우려 또한 있었는데, 넷플릭스 오리지널 애니메이션이었기 때문이다. 어째서인지 애니메이션에 '넷플릭스 오리지널' 딱지가 붙으면 원작이 재밌다고 정평이 난 작품들도 재미가 급감하는 경우가 많았다.

넷플릭스의 저주라고 불러야 할까? 그렇다고 「악마성전설」 원작인 애니메이션을 안 볼 수는 없는데, 내 기대 이상으로 멋진 작품이라 보는 동안 아주 즐거웠다.

「캐슬바니아」는 흡혈귀 사냥꾼 트레버 벨몬트, 마법사 사이파 벨나데스, 드라큘라와 인간 여성 사이에서 태어난 알루카드를 중심으로 드라큘라와 흡혈귀 군단을 물리치는 행로를 그리고 있다. 이 여정은 단순히 절대악과의 대립은 아닌데, 드라큘라를 비롯한 여러 흡혈귀, 그리고 인간들이 다채로운 면모를 가지고 있는 탓이다. 드라큘라는 인간 여성을 사랑하여 그녀에게 수세기에 걸쳐 익힌 과학을 전수해주지만, 그녀는 그에게 배운 의술로 병자들을 도왔다는 사실 때문에 마녀로 몰려 화형당한다. 드라큘라가 인간에게 실망하고 세상을 멸하려 한 이유다.

작중의 다른 흡혈귀들 또한 각기 개성 있는 면모를 보여준다. 포악한 흡혈귀가 있는가 하면, 점잖고 우아한 흡혈귀도 있다. 공상가적인 흡혈귀도 있고, 단순 무식한 흡혈귀도 있다. 이성애를 하는 흡혈귀도 있고, 동성애를 하는 흡혈귀도 있다. 그들은 햇빛을 보지 않고 피를 마시며 생활한다는 점만 제외하면 사실상 인간과 별반 다르지 않다. 그저 계급적으로 인간의 위에 있다고 생각하는 듯한 느낌만 풍길 뿐. 이 '인간과 별반 다르지 않다'는 맥락은 이야기가 흘러가며 재미있게 작용하는데,

흡혈귀 카밀라가 자신의 세 자매와 함께 스티리아를 통치하려는 계획을 드러내는 대목이 그렇다. 카밀라가 꿈꾸는 것은 흡혈귀 왕국을 건설함과 동시에 인간을 가축화시키는 것으로, 물론 이는 인간의 육식에 대한 직접적인 비유다. 인간과 별반 다르지 않은 이들이지만, 인간이 그들의 '맛있는' 식량이기에(흡혈귀는 꼭 인간의 피가 아니더라도 다른 짐승들의 '맛없는' 피를 마시고 살아갈 수 있다) 인간 개체를 줄이고 가축화하려는 대목을 보면서 다들 무슨 생각을 했을지 좀 궁금하다.

「캐슬바니아」는 시청을 위한 접근이 쉽다는 점을 감안하자면 매우 폭력적인 애니메이션이다. 주인공들의 입에서는 쉬지 않고 욕이 쏟아지고, 다른 인간들의 몸에서는 쉬지 않고 피와 뼈와 내장이 쏟아진다. 연출은 잔인한 장면을 조금도 주저하지 않고 보여준다. 비록 애니메이션이긴 하지만, 역겨운 것을 보는 것이 힘든 이들이라면 시청이 어려울 수 있겠다. 액션 연출은 선명하고, 대사는 맛깔나며 현실에 가깝다(더불어 목소리에 '모에'가 없다는 건 얼마나 듣기 편안한 일인지!).

성격 나쁜 사람이 하는 말처럼 들릴 것도 같지만, 아직 망하지 않은 세상에서 망한 세상 이야기를 보는 건 대체로 즐거운 일이다. 그 망함의 이유가 대개는 인간들의 어리석음이라는 점에서 나는 종종 기묘하게도 위로받는다. 이 세상 또한 그렇게 망해가고 있기에.

전쟁, 사랑, 그리고 아이돌이라니

「초시공요새 마크로스」

1982년 TV로 방영된 「초시공요새 마크로스」(이하 「마크로스」)는 오버 테크놀로지를 보유한 외계 문명에 맞서는 지구인들의 분투기를 그린 SF 애니메이션이다. 이렇게만 말하면 한때 영화 등으로도 무수하게 나온 흔해빠진 SF물처럼 보일지 모르겠지만, 「마크로스」에는 이들과 구별되는 별난 특징이 있다. 뜬금없지만 바로 아이돌이다. 우연한 계기로 공군 파일럿이 된 소년 이치조 히카루, 군인 가문에서 나고 자라 엘리트 코스를 밟은 하야세 미사 대위, 가수가 꿈인 소녀 린 민메이를 통해 「마크로스」는 전쟁, 삼각관계 로맨스, 그리고 아이돌이라는 소재를 절묘하게 풀어낸다. 아마도 1980년 데뷔한 마츠다 세이코, 82년 데뷔한 나카모리 아키나 등 초기 일본 아이돌의 인기로부터 귀신같은 영감을 받았던 것 같다. 아이돌이라는 소재를 그저 이야기로 풀어내는 데에 그치지 않고 실제 음악까지 공들여 만든 탓에 「마크로스」는 영상뿐 아니라 음악적인 즐거움까지 주는 작품으로 남을 수 있었다.

지구와 압도적으로 차이 나는 기술력으로 무장한 외계인, 젠트라디. 지구인들로서는 전력을 다해도 젠트라디 군단을 막아내지 못한다. 어느 날 외계에서 추락한 이후 비밀리에 보존되고 개발되어온 거대 전함* 마크로스만이 유일한 희망이지만 이것만으로는 무리다. 그러나 무적으로 보이던 외계인들에게도 치명적인 약점이 있었는데, 그게 좀 황당하다. 외계인들의 약점은 바로 '문화'다.

극 중에서 문화라는 단어는 예술을 중심으로 전파되는 인간 사이의 감정과 사랑의 교류 정도의 뜻으로 사용되는데, 황당하게도 외계인들에겐 그러한 문화가 없다. 그들에게는 노래가 없고 사랑이 없다. 당연히 연애와 결혼도 없기에 종족 보존은 '제조'를 통해 이루어진다(이건 오히려 좋은데?). 그런 까닭에 젠트라디는 처음 인간의 문화를 마주했을 때 비밀 병기를 보듯이 두려워했다. 이 점은 거의 멸망에 이른 인류의 마지막 기회가 된다. 그들에게 문화를 전파하여 "컬처 쇼크"를 일으키고, 이 혼란을 틈타 적의 기함을 친다는 말도 안 되는

* 전함 마크로스는 압도적인 크기 때문인지 '요새'라고 불리며, 그 안에는 여러 가시설뿐 아니라 피난민들의 거주지도 건설되어 있다. 린 민메이는 이 도시의 아이돌로 데뷔하여 활동하게 된 것.

전략이 수립된다.

문화를, 사랑의 메시지를 가장 효과적으로 전달할 수 있는 것은 다름 아닌 노래다. 린 민메이는 마크로스의 선두에 마련된 무대에 올라 콘서트를 시작한다. 민메이의 노래가 중계기를 통해 우주로 퍼져 나간다. 정말이지 말도 안 되게 이상한, 그렇기에 아름다운 장면이 펼쳐진다.

「마크로스」가 오늘날과 같은 평가를 받게 된 데에는 극장판의 공이 컸다. 극장판 「마크로스」는 귀를 사로잡는 린 민메이의 노래(민메이의 성우 이지마 마리는 가수 활동을 겸했다)와 걸출한 애니메이터들이 그려낸 영상이 어우러지며 한 편의 긴 뮤직비디오를 보는 느낌마저 든다.

하지만 TV판은 퀄리티가 엉망진창이다. 예산과 부족한 작업 시간 탓에 작화는 최상과 최악을 넘나들고, 이야기에도 군더더기가 꽤 많다. 그럼에도 TV판을 봐야할 이유는 명백한데, 마지막 화가 되었어도 이상하지 않을 27화는 그야말로 제작진이 혼을 갈아서 만든 듯한 영상미가 돋보이는 대목이 많다.

하지만 개인적으로 TV판을 봐야 할 진짜 이유는 27화 이후에 36화까지 펼쳐지는 이야기들에 있다고 본다. 아마도 본래 계획에 없다가 연장 편성으로 인해 급히 추가된 이야기일 텐데, 흥미롭게도 전쟁 이후의 풍경을 그리고 있기 때문이다.

27화부터는 전쟁 이후 파괴된 지구의 재건, 그사이에 벌어지는 일상의 드라마를 그린다. 살아남은 지구인과 젠트라디가 함께 살게 되면서 빚어지는 갈등을 그리는 데에도 눈길이 가지만, 역시 가장 흥미로운 대목은 아직까지 완전히 풀리지 않은 히카루, 민메이, 그리고 미사 사이의 삼각관계.

가수 활동에 지친 민메이는 도망쳐 히카루에게 온다. 그 시점에 히카루와 미사는 미묘한 관계다. 애인 사이는 아니지만, 미사가 히카루의 방에 들러 청소와 빨래를 해주고(아니, 히카루는 그런 일을 할 줄 모르냐고), 종종 서로 만나기도 하는 관계……가 애인 사이가 아니라고 하니까 진짜 이상한데, 여하튼 그런 관계. 이때 민메이의 갑작스러운 방문과 사랑 고백으로 히카루의 마음은 흔들린다. 이 사실을 안 하야세 미사는 크게 상처받는다. 그 와중에 하야세 미사는 우주 이민 계획을 위해 새로 제작되는 우주함의 함장이 되어주지 않겠느냐는 총사령관의 제안을 받고, 그녀는 히카루를 잊기 위해 지구를 떠나기로 결심한다.

미사는 히카루의 관사를 찾아간다. 히카루와 민메이가 함께 나온다. 그리고 마지막 인사.

몇만 년 미래 사람들에게 문화를 전하기 위해서도 우리

는 은하계의 모든 별을 향해 여행을 떠날 필요가 있다고 생각합니다. 서로를 죽이기 위해서가 아니라 우주를 문화로 가득 채우기 위해.

민메이 씨, 나……, 당신 노래를 좋아해요. 난 당신같이 문화를 만들어낼 순 없지만 그걸 지켜나갈 수는 있을지도 몰라요.

지금, 지금이라면 확실히 말할 수 있어.

이치조 군, 나는 당신이 좋아요.

민메이 씨, 당신도 노래를 소중하게 생각해요. 그럼 이만.

미사는 눈물의 경례를 하며 돌아선다. 내가 미사를 영원히 사랑하게 만든 대목이다. 관객인 나도 그러한데 현장에 있던 히카루는 오죽했겠는가. 전형적인 남성이라 작중 내내 한심해 보이기만 한 그도 그제야 깨닫는 바가 있어 민메이를 두고 미사를 쫓아간다.

주제가 메들리와 함께 전체 스토리를 요약하는 영상이 흐르는 「초시공요새 마크로스 Flashback 2012」에는 이들의 후일담이 담겨 있다. 하야세 미사가 함장인 메가로드급 우주함은 희망을 품은 지구인들을 태운 채 지구를 떠나고, 린 민메이 또한 자원해 탑승한다. 이어지는 「마크로스」 시리즈를 살피자면 이후 그들의 통신은 끊기고 만다. 그러나 그들이 남긴 이야기와 노래는 마크로스 세계 속에서는 물론 여기 현실에도 남아 오래

이어지고 있으니, 문화의 힘이란 외계인들이 두려워할
만큼 강하긴 한 모양이다.

우리 내면에 작은 악마가 있기에

일어날 법한 것과 일어난 것

「수희0^{tngmlek0}」

유튜브를 종종 시청하는 편이다. 주로 출퇴근 시간, 아니면 진짜 할 일 없을 때, 혹은 지금처럼 글을 쓰거나 할 때 라디오처럼 틀어두곤 한다. 게임 스트리머들이 운영하는 채널도 자주 보게 되는데, 그러다 보니 오래 보아온 스트리머들은 꽤 친근하게 느껴진다. 그런 마음에 그들이 생방송을 할 때도 가끔 들어가 보지만, 역시 편집되지 않은 영상을 보고 있는 건 쉽지 않은 일이라 금세 방을 나오게 된다.

아마 생방송을 계속 보고 있으려면 그 방에 참여를 해야 하는 것이리라. 채팅창에 한마디라도 올리고, 스트리머가 내 글을 읽어주기를 바라고, 스트리머가 뭐라고 말하면 단체로 호응하고, 후원을 통해 메시지를 모두에게 노출하는 방법으로 내가 그 방송에 함께하고 있다는 느낌을 가지지 못한다면 대단한 콘텐츠도 없는 생방송을 계속 시청하고 있는 건 어렵지 않나 싶다.

나는 원체 성격상 커뮤니티 활동 같은 것을 기피하는 편이다 보니 채팅창에 한마디 올리는 것에도 흥미가 생기지 않는 것 같다. 그렇지만 한편으로 내게는 어떤 두려움이 있는 것이 아닐까, 싶은 생각도 드는 것이다. 내가 방송 채팅창에 한두 마디씩 올리고, 후원을 하고, 이를 통해 그 스트리머를 가까운 친구처럼 느끼게 된다면 아마도 내게 긍정적인 영향을 미치지 않을 것이라는 두려움.

웹툰 「수희0」은 인터넷 방송을 소재로 하고 있다. 주인공 수희는 인기 없는 남동생의 개인 방송에 우연히 얼굴을 비췄다가 예쁜 외모로 인해 사람들의 관심을 받고, 직접 인터넷 방송을 하게 된다. 수희의 불우한 집안 환경 또한 방송에서는 자신의 캐릭터 정체성을 구축하는 요소 중 하나일 뿐이다. 오래지 않아 수희는 인터넷 방송인들을 관리하는 매니지먼트 회사와 계약한다. 이후 유명 남성 스트리머 채훈과 '우결' 방송을 찍고, 이와 관련해 채훈을 짝사랑하던 다른 여성 스트리머 민아, 그리고 수희의 남자친구 민우, 애청자였다가 스토커가 된 배추도사 등과 엮여 갈등과 수모를 겪는다.

「수희0」의 캐릭터들은 실제로 있을 법하게 생생하다. 한없이 착해서 누군가에게는 더없이 나쁘게 보이기도 하는 수희, 인터넷 방송인으로서 성공한 삶을 살고 있지만 그 안에 미묘한 열등감이 있는 채훈, 선하지만 찌질해서 종종 추하게 보이는 민우, 본성이 나쁘지는 않지만 오랜 인터넷 방송으로 인해 피폐해진 정신과 질투심으로 인해 나쁜 모습을 보이는 민아. 그리고 여러 추악한 악성 시청자들의 거울상인 배추도사.

이 생생한 인물들이 겪는 사건과 갈등 또한 현실과 그리 먼 곳에 있지 않다는 점이 나로서는 상당히 두렵게 느껴지는 부분이다. 이 웹툰이 그리는 내용은 대다수 아주 현실적이고 현재 진행형이다. 최근 악성 루머와 댓글로 인해 우울증을 겪던 인터넷 방송인의 자살이 세간에 알려지며 인터넷 방송과 그 시청자들이 논란이 된 바 있다. 그 사건보다 훨씬 일찍 시작된 이 웹툰은 첫 화를 이렇게 시작한다. 수희는 남자친구 민우의 차에서 민우와 함께 잡담을 나눈다. 차 안에서는 라디오 뉴스가 흐르고 있다. "모 유명 여성 인터넷 방송인이 처지를 비관해 극단적인 선택을 한 것으로 알려졌습니다." 뉴스를 듣고 수희가 말한다. "혹시 오빠도 인터넷 방송 봐? (민우: 어······? 아니······, 안 봐.) 내 동생은 맨날 게임 방송 같은 거 보던데······. 얘도 저런 거 보고 인성 버리는 거 아닌지 몰라."

앞서 언급한 실제 사건이 보도된 후, 이 웹툰의 댓글을 살폈을 때 여럿이 동시에 어떤 불안과 우울을 느꼈던 것 같다. 그 기분은 아마도 복합적인 데서 왔을 것이다. 실제 사건에서 오는 충격, 이 웹툰도 그런 스토리로 흘러갈지도 모른다는 생각—가볍게 흘려 넘겼던 1화의 저 대목이, 수희의 미래에 대한 암시일지도 모른다는 생각과 더불어, 이 '사실 같은' 웹툰에서 만화로나 다뤄져야 할 일이 뒤이어 현실에서 일어났으며, 이 때문에 웹툰이 현실에 대한 암시처럼 보이는 착각 등이 겹치면서 작품은 현실의 무게를 껴입었다. 그렇지 않아도 「수희0」의 전체적인 분위기는 찝찝함 그 자체였던 차였다. 이 작품을 보는 독자로서 갑자기 불쾌감을 넘어선 긴장감을 가지게 된 것도 이 무렵이었다. 이제는 이 이야기가 절대로 누군가의 죽음으로 끝나서는 안 된다고 생각되었기에. 그것은 이미 현실에서 일어나버린 일이므로. 이런 웹툰은 어디까지나 '사실 같은 것'이어야지, 사실의 재현이 되어서는 안 될 것 같기에.

유튜브로 한 스트리머의 영상을 종종 보는데, 최근 올라온 그의 영상에 달린 댓글을 통해 그가 연인과 헤어졌다는 것을 알았다. 이별 후 그는 생방송에서 눈물을 보였다는 말도 있었다. 시청자들의 댓글은 다양했다. 힘내라는 응원도 있었지만 언제나처럼 농담에 열중인 댓글들도 많았다. 오늘 궁금해서 트위치에 들어가보니 그가 생방송 중이었다. 그는 시청자들이 후원금을 내며 보내는 음악 영상을 연달아 듣고 있었다. 방송 화면에는 다음과 같은 문구가 떠 있었다. "슬픈 노래 아닐 시 스킵." 그는 슬픈 노래를 들으며 따라 부르다가, 웃

긴 영상이 오면 화를 내거나, 여느 때처럼 광대놀음을
하고 있었다.

　지금 그의 마음속은 어떨까. 갈래갈래 찢어져서 슬플
까. 이 와중에도 방송은 켜야 하니 힘들까. 후원이 끊이
지 않으니 기쁠까. 자신을 놀리기 좋아하는 시청자들이
쓸쓸하지 않게 함께해줘서 고마울까.

무협지와 파워 인플레이션

「의천도룡기」 「고수」

드라마 「의천도룡기」(2019)와 「사조영웅전」(2017)을 연달아 봤다. 별 기대 없이 본 「의천도룡기」의 완성도가 생각보다 높길래, 같은 제작진들이 만들었다는 「사조영웅전」도 본 것이다. 재미는 있었지만 둘 합쳐서 총 100화가 넘는 분량이라니······. 역시 중국 드라마는 보기가 쉽지 않다.

각각의 드라마에 대해 할 이야기가 많겠지만, 모처럼 무협지의 근본인 김용 소설 원작 드라마를 보면서 가장 많이 든 생각은 과거의 무협지와 요즘의 무협지가 참 많이 달라졌다는 사실이었다. 특히나 힘을 다루는 측면에서.

가령 이런 대목들이다. 「의천도룡기」에서, 계략에 의해 만안사 보탑 꼭대기에 감금된 무림 고수들은 보탑이 불타오르자 탈출하지 못하고 타 죽을 위기에 처한다. 만안사 보탑은 겨우 10여 층, 미터법으로 짐작해보자면 약 30미터가량에 불과하다. 물론 보통 사람들이 그 높이에서 떨어지면 대부분 죽겠지만, 이 자들은 무림의 초고수들이 아니던가. 경공술로 날아오르거나 낙법을 펼치면 될 것 같은데, 그저 발만 동동 구르고 있다. 독 때문에 내공을 거의 잃었다고는 하지만 그렇다고 해도 너무 일반인이 되어버리는 것은 아닌지.

그 밖에도 지하 감옥에 갇혔는데 문이 강철 자물쇠로 잠겨 있다고 못 열지를 않나, 페르시아 명교의 조무래 기들이 포위하고 있다고 죽음을 각오하지를 않나, 상어 따위와 사투를 벌이지를 않나⋯⋯. 요즘 무협지에 익숙한 이들에게는 김용 소설의 절대 고수들이 보여주는 이런 면면들이 꽤 하찮게 보일지도 모르겠다. 한국 무협의 거장들로 평가받는 류기운·문정후 콤비의 웹툰 「고수」를 예시로 보자. 옛날 무협지들이 객잔의 탁자나 망가뜨리고 있는 동안, 「고수」의 인물들은 태산 하나를 박살내버린다.

인간의 무공으로 산에 구멍이 뚫리고 지형이 변화하는 풍광이 주는 압도적인 맛이 나쁜 건 아니지만, 그렇다고 「고수」가 정상이라는 것도 아니다. 「고수」는 분명히 아주 빛나는 순간도 있지만, 많은 부분에서 오늘날 무협지가 무엇을 놓치고 있는지를 생각하게 만드는 만화다. 이 만화는 정통 무협지를 생각나게 한다기보다는 「드래곤볼」에서 「원펀맨」으로 이어지는 일본 소년 만화를 생각나게 한다. 그 만화들이 힘을 다루는 방식을 무협지의 느낌으로 풀어낸 것처럼 보이는 것이다.

「고수」에서 인물들이 얼마나 고강한 무공을 지녔는지 시각적으로 보여주기 위해 태산을 부수듯이, 앞선 작품인 「드래곤볼」 또한 인물들의 전투력을 체감하도록 만들고자 배경을 박살 내는 데 주저하지 않는다. 길어지는 연재 기간에 발맞춰 어쩔 수 없이 점점 커져가는 전투력을 감당하기 위해 「드래곤볼」은 지구마저 파괴해버리지만, 「드래곤볼」이 애초에 우주는 물론이요, 저승까지 무대로 삼고 있는 데 비해 「고수」의 무대는 고작해야 동양의 무림이다. 장르의 개연성에 묶여 있는 한 그 힘은 태산을 무너뜨리는 정도에 한정되어 있는 셈이다. 시각적 스펙터클의 힘에는 반복될수록 무감해지는 특성이 있기에, 「고수」에서의 파워 표현도 점점 반복적이고 지루해진다. 더 거대한 표현을 해낼 수 없으니 계속해서 비슷한 정도의 자연 파괴만 일어나는 데 그친다.

나는 이렇게 생각할 수밖에 없다. 어느 작품에서 한 인물이 가질 수 있는 힘은 그 작품 세계에 최대로 허용될 수 있는 한계치보다도 훨씬 더 작은 것일수록 좋다고. 아직 더 표현할 것이 남았을 때 작품은 더 굴러갈 수 있다. 이를 통해 아무리 비현실적인 이야기를 다루더라도 현실의 인간과 가까운 이야기를 할 수 있다는 장점은 덤이다. 우리 모두에게는 단점과 한계가 있기에 좌절하고, 이를 극복할 힘 또한 있기에 조금씩 나아간다. 좋은 작품들은 모두 이러한 인간적인 한계를 담아낸다. 압도적인 힘이 비인간적인 개념이라면, 한계는 인간적인 개념이다. 이 때문에 초인적으로 강한 힘이 있지만, 세상을 뒤바꿀 힘까진 없는 김용 소설의 고수들은 비인간적으로 강함에도 불구하고 그 어느 무협지들보다 인간적이다.

오늘날 무협지들이 무시하거나 놓치고 있는 것은 또 있다. 무협지의 여러 특징 중 무공과 문파, 즉 힘과 관련된 설정에만 주목하다 보니 작품들의 깊이가 매우 빈약하다. 김용의 무협지에는 힘만 담겨 있는 것이 아니다. 거기엔 힘과 함께 그 힘의 한계와 책임, 그리고 힘이 필요할 수밖에 없었던 역사적 배경과 그 시대를 살아내는 인간들 사이에서 벌어지는 정한情恨이 담겨 있다. 이런 요소들에 주목하지 않는다면 무협지는 그저 동양색을 입은 여러 먼치킨물* 중 하나에 지나지 않는다.

---

* 주인공이 압도적으로 강해 혼자서 모든 갈등을 다 해결하는 전개 방식을 따르는 작품들을 가리키는 말. 쉽게 찍어내는 양산형 장르 소설 다수는 먼치킨물이며, 작금에는 소년 만화 또한 주인공의 성장 과정을 생략하고 등장 시점부터 최강자로 내세우는 경우도 많다. (대표적인 작품이 「원펀맨」) 먼치킨은 본래 「오즈의 마법사」의 먼치킨 나라에 사는 난쟁이들을 가리키는 말인데, 어떠한 이유에서인지(정확한 설은 없다) 롤플레잉 게임에서 자기 마음대로 플레이하려는 사람을 비꼬는 말로 사용되기 시작했고, 이후에는 앞서 설명한 내용으로 또 변화되었다.

이런 생각을 하다가, 무협지의 정수를 가장 잘 담아낸 작품이 드라마 「야인시대」였다는 걸 깨달았다. 두한아! 어서 일어나거라, 두한아!

제물 선택의 윤리

「애프터매스」「호랑이 형님」「랑종」「죠죠의 기묘한 모험」

단편 고어 영화 「애프터매스」(1999)는 시체 강간을 소재로 다루고 있다. 주인공은 시신을 부검하고 관리하는 일을 하는 남성이다. 극 중 그는 업무가 끝난 뒤에도 시체안치소에 남더니, 동료가 떠나자 디지털카메라를 꺼낸다. 그러고는 안치소에 들어온 지 얼마 안 된 여성의 시신을 냉동고에서 꺼낸다. 벌거벗은 사체의 사진을 여러 장 찍고, 강간한다. 종반부, 무언가 믹서기에 갈리는 소리가 들린다. 집에 돌아온 주인공은 갈아낸 것(아마도 인육)을 자신이 기르는 개에게 먹이로 준다.

고어 영화를 이것저것 훑던 시절에 보았던 더없이 역겨운 영화다. 시체를 훼손한다거나 장기를 갈아버린다거나 하는 폭력적인 이미지가 역겹다는 게 아니다. 죽어서 저항할 힘이 소멸해버린 여성을 대상으로 마구 셔터를 눌러대는 일이, 강간과 인육 사이를 연결하는 상상력이 진부하면서도 역겹게 느껴진다. 이에 비하면 마

175

찬가지로 시체 성애를 다루면서도 자기 자신을 성애의 대상(시체)으로 만드는 남자의 이야기인 「네크로맨틱」(1987)과 현 남자친구의 머리를 잘라내고 전 남자친구(1편의 주인공)의 시체에서 잘라낸 머리를 붙이는 여성의 이야기인 「네크로맨틱 2」(1991)는 기괴함과 부도덕의 와중에도 나름의 윤리성을 갖추고 있다고 느껴질 정도다.

고어물에 왜 윤리를 이야기하냐고? 이렇게 말하는 이들도 있겠다. 고어물을 비호하는 쪽이든 비난하는 쪽이든 고어에 윤리를 들먹이는 일이 적합하지 않다고 생각할 수 있다. 그럼에도 나는 고어물에도 나름의 윤리가 있어야 한다고 생각하는 편에 속한다.

고어적인 표현에는 여러 종류가 있지만, 시각적인 측면에서 크게 나누자면 대체로 분리되지 않은 것을 분리해서 보여주기(사지 절단)와 드러나 있지 않은 것(뼈와 장기)을 드러내어 보여주기로 나눠볼 수 있겠다. 이를 중심으로 무엇을, 언제, 어떻게, 왜 분리하고 드러내는지 묻고 답하는 데서 고어의 윤리에 관한 윤곽이 잡힐 수도 있지 않을까?

귀귀의 「낚시신공」은 2015년 네이버 웹툰에서 연재되다가 표현 문제로 인해 연재 중단되었던 작품이다.*

---

* 네이버 웹툰에서 하차한 이후 귀귀는 페미니스트를 조롱하는 굿즈로 텀블벅 펀딩을 열어 논란이 되기도 했다.

문제가 된 부분은 고어적인 표현. 판타지적 요소가 섞인 학원물이긴 했지만, 사람의 얼굴이 피부째로 찢겨 나가는 장면이 등장해 독자들의 파장이 상당했다. 당시 「낚시신공」이 독자 다수의 부정적인 반응에 이어 연재 중단까지 이어진 데는 여러 가지 맥락이 작용했을 것이다. 잦은 지각과 분량 부족 문제로 인한 독자들의 불만이 높아진 상태였고, 19금 작품이 아니었던 데다가 10대의 이야기를 그린 학원물이기도 했다. 또한 그때까지 작중에서 고어적인 표현이 달리 없었다.

그랬기에 다수가 부정적인 반응을 보이는 게 당연하다고는 생각되었지만, 한편으로 의아한 점도 없잖았다. 「낚시신공」과 비슷한 시기에 연재가 시작되었던 이상규의 「호랑이 형님」 또한 꽤나 고어적인 연출이 많은 작품이었기 때문이다. 초자연적인 힘을 지닌 동물들의 싸움을 다룬 이 판타지 만화에 등장하는 동물들은 그저 싸우다 죽는 것을 넘어 찢기고, 관통당하고, 먹히고, 재생되고, 기괴하게 변이된다. 그러나 이에 관해 부정적으로 반응하는 이들은 거의 없었다(이 작품 또한 19금은 아니다).

나는 「호랑이 형님」의 고어 묘사들을 보며 생각했다. '이거 동물을 사람으로 바꾸기만 해도 연재 불가능할 텐데.' 웹툰 독자로서 나의 경험에 따르면 「낚시신공」뿐 아니라 많은 작품에서 '인간을 대상으로 한 징그럽고 참혹한' 묘사가 등장하면 부정적인 반응이 많았다. 이에 따라 단순하게 생각해볼 수 있다. 이러한 부정적인 느낌, 역겨움 등은 자신 또한 훼손 대상이 될 수 있다는 공포에서 발현되기도 하는 것은 아닐까? 이 단순한 생각과 관계가 없지 않다면 고어가 유발할 수 있는 역겨움 또는 공포의 대상이 과연 특정 성별과 종족에게만 남용되는 것이 온당한 일일까, 라고도 생각해볼 수 있지 않을까.

극장에서 본 「랑종」은 실망스러웠다. 나홍진이 제작을 맡은 「랑종」은 그가 감독한 「곡성」의 정신적 후속작처럼 홍보되었는데, 실제로 뚜껑을 열어보니 그냥 뻔한 공포영화였고 뒤로 갈수록 한심했다. 특히나 파운드 푸티지*로 이야기 갈래를 잡은 것은 사실상 이 영화를 조잡한 코미디로 만들어버렸다. 영화 바깥의 관점에서 유일하게 흥미를 느낀 부분이라면, 이 영화가 그려내는 서사가 마치 나홍진의 통제에서 벗어나려 발버둥 치는 반종 피산다나쿤 감독의 어리석은 분투기로 보인다는 점이다.

장르상으로도 연출상으로도 「랑종」을 「곡성」의 계승작으로 보기는 어렵게 되었지만, 그래도 서로 공유하고 있는 영혼이 없는 것은 아니다. 나는 남들보다 늦게 「곡성」을 본 뒤, 내 블로그에 올린 감상문에 이렇게 써두

---

* Found footage. 모종의 이유로 촬영자를 알 수 없거나 그가 실종된 탓에 다른 이의 손에 영상이 넘어가 공개되었다는 설정이 붙은 영화.

었다. "내가 느끼는 역함은 (……) 섹스를 통해 전파됨을 암시하는 원인 모를 변이와 강간, 그리고 폭력과 살인, 동물 죽이기와 여성 살해, 딸에 대한 아버지의 한없는 사랑과 희생에 이르기까지…… 이것이 완벽한 수준의 한남예술TM을 구현하고 있기 때문이다. (……) 특히나 역한 건 소아 강간을 은유하는 과정, 15세 관람가에(그리고 약간의 무지와 예술에 대한 배려로 대중이 '수용 가능한' 선에서) 짜 맞춰 장면들을 설계하는 그 맥락이다."

「랑종」에는 하혈과 생리혈을 겹쳐 그려내고, 염려를 가장해 여성 화장실을 염탐하며, 빙의된 여자의 섹스를 포르노처럼 관찰하는 관음증 걸린 카메라가 있다. 수용 가능한 선에 대한 눈치를 살피며 근친상간은 직접적으로 그려내지 않고 깔아두기만 하는 점 또한 「곡성」과 닮은꼴이다. 감독이 달라져서 다른 영화가 되었을지언정 이 더러운 정서의 정수가 담긴 원안만은 잘 보존되어 있다. 괜히 개 한 마리를 등장시켜 끓는 물에 삶아버리는 동물 학대적인 순간까지.

나는 「죠죠의 기묘한 모험」(이하 「죠죠」)에 그렇게나 전적으로 열광하는 이들이 많다는 점에 늘 복잡한 심정이 된다. 「죠죠」에 기이하면서도 매력적인 면모들이 많다는 걸 동의하지 못하는 건 아니다. 수많은 '죠죠러'를 만들어내며 또한 지금의 「죠죠」를 있게 만든 건 '스타더스트 크루세이더즈' 에피소드이겠지만, 개인적으로는 첫 번째 에피소드인 '팬텀 블러드'를 가장 재미있게 보았고 이후엔 갈수록 지겨웠다. 이능력자 배틀물의 시조, 그 재미없는 장르를 만든 원죄가 여기에 있었구나(아마도 지독한 소수 의견일 거다)!

뒤로 갈수록 「죠죠」에 대한 인상이 부정적으로 변하게 된 것은 개인적으로 느끼는 재미의 문제도 있었지만, 「죠죠」에서 유희적으로 등장하는 동물 학대가 짜증 났기 때문이다. 이 만화는 동물을 단순히 유희적으로 박살 낸다. 특히 개나 고양이를 무참히 죽여대는 부분은 유독 심하다. 「죠죠」를 사랑하는 이들은 고양이를 찢어발긴 뒤 그 사지가 식용료로 던져지는 것을 보고서도 이 작품을 사랑하는 것일 테니 복잡한 심경일 수밖에.

작가가 자신의 성도착적 면모나 포르노에 대한 관심을 작품에 반영할 때, 지극한 폭력성의 연출을 위해 인간 아닌 동물을 파괴하는 것을 택할 때, 이 목적 달성의 폭력 앞에 무력한 여성들, 자신이 약자라고 외칠 입이 없는 것들을 제물로 쉽게 올리는 작품들에 나는 좋은 평가를 내릴 수 없다. 아무리 잘 만들어도, 다들 좋아해도 그렇다. 꼭 뭔가를 박살 내는 것으로만 성립되는 장르를 부정하는 건 물론 아니다. 파괴의 미학도 있어야지. 다만 뭔가를 파괴한다면, 제단 위에 무엇을 어떻게 올려놓을지를 고민하는 작품들이 이제는 더 많아져야 할 때 아닐까? 맨날 여자랑 동물만 죽이지 말고 다른 것도 좀 많이 죽여라! 건물주들의 사지도 좀 분해하고, 어어?

기회주의자들이 사랑받는 세상

「삼국지톡」 「장씨세가 호위무사」 「마법 스크롤 상인 지오」

웹툰 「삼국지톡」을 재밌게 보고 있다. 중국 고전 「삼국지연의」를 현대적으로 해석한 작품이다. 이 '현대적'이라는 말에는 여러 의미가 있겠는데, 일단 「삼국지톡」의 세계는 빌딩과 성곽과 자동차와 군마가 혼재하고, 무엇보다 휴대폰이 존재하는 괴상한 2, 3세기 중국이다. 「삼국지연의」의 내용을 그대로 따라가기보다는 정사 삼국지의 내용을 적절히 섞고, 또 허구이지만 일부 캐릭터를 여성으로 바꾸고, 어떤 캐릭터와 사건은 오늘날의 시각으로 재해석해 보이는 면에서도 현대적이다. 글 작가인 무적평크는 채널예스와의 인터뷰에서 "(「삼국지톡」은) 삼국지 패러디가 아니라 "현대어 번역판""이라고 말하고 있다. 오늘날 페미니즘의 관점으로 보면 유해한 "대목들을 안전하게 만들려고 고민했"다는 점 때문인지, 삼국지임에도 여성 독자 수가 많다는 점도 흥미롭다. 기존 삼국지 팬덤은 철저히 남성 중심이었으니까 말이다.

「삼국지톡」의 전개가 일반적인 남성 삼국지 독자들이 기대하는 바를 조금씩 벗어난다는 점도 재밌는 부분이다. 「삼국지톡」은 삼국지 팬들이라면 기대할 법한 전쟁 장면을 거의 그려내지 않는다. 아니, 삼국지인데 전쟁에 충실하지 않다고? 남성 삼국지 독자들의 불만이 터져 나오는 지점도 대개 이런 부분이다. '이 전투가 얼마나 중요한 전투인데 이걸 이렇게 처리해?'라든지, '이 장수의 무용담을 빼먹는다고?' 같은 식의 불만들. 「삼국지톡」은 전쟁 묘사에 불충한 대신에 인물들 사이의 대화와 감정의 디테일에 집중한다. 현대인의 시각으로 보면 감정적으로 쉽게 이해되지 않을 법한 부분을 오늘날 정서에 맞게 각색하고 번역하는 이 작업이 좋다.

삼국지는 무엇보다 인간의 이야기이다. 개성 넘치고 실력 빼어난 영웅호걸부터 볼품없고 비겁한 소시민(우리들)에 가까운 사람까지 수도 없이 등장하니, 그야말로 군상극의 대표작이라 할 만하다. 독자들마다 '최애'는 제각기 다양할 텐데, 내가 유독 신경이 쓰이는 인물이 하나 있으니, 바로 가후다.

「삼국지톡」에서 '프로이직러'라는 별명을 달고 나오는 가후는 후한 입장에서는 나라를 망하게 한 주된 역적 중 하나다. 동탁의 사위 우보의 참모로 일하며 동탁이 입궁하도록 꾄 것이 그이기 때문이다. 동탁 사후에는 이각과 곽사가 다시 정권을 잡도록 도왔고, 그럼에도 불구하고 높은 관직에 오르지 않았다. 이러한 성향이 도리어 이각의 눈길을 끌자 단외에게로, 또 장수에게로 자리를 옮긴다. 이후 장수 아래에서 진언하다가, 조조가 관도를 놓고 원소와 대치할 무렵 조조에게 투항을 권유하여 마지막에는 조조 아래로 들어간다.

후한 입장에서 보면 동탁에 이어 이각과 곽사가 정권을 잡게 만든 역적이지만, 후대 사람들은 후한 백성이 아니니 그에 대한 평가도 달라질 수밖에 없다. 정사 삼국지를 집필한 진수는 가후를 두고 "잘못된 계책을 거의 세우지 않고 권변에 능"하다고 높게 평가했다. 오늘날 그는 처세술의 달인, 세태를 읽는 눈이 정확한 사람,[*] 뛰어난 순발력과 임기응변의 달인[**] 등으로 평가받는다. "인생은 가후처럼"이라는 문장은 거의 밈화되어 웹상에 떠돌아다닐 정도였으니, 「삼국지톡」에서도 이는 예외가 아니다.

분명히 가후에게는 매력이 있다. 그것은 우리 인간이 뛰어난 악을 볼 때 본능적으로 이끌리는(그렇다, 인간은 추악한 것에서조차 미를 감각한다) 존재이기 때문이며, 또한 대개의 창작물에서는 주제적 문제로 인해 주

---

[*] 양선희, 「삼국지로 본 사람 경영」, 『포브스』, 2017년 5호.
[**] 박기종, 「삼국지에서 가장 저평가된 인물 가후」, 『매일경제』, 2015년 7월 15일.

요 인물들에게 부과되는 전형성을 벗어난, 평범하지 않은 입체적인 인물이 독자들에게 매력적으로 다가오기 때문이다. 동시에 그런 인물들이 공유하는 인성적 결함은 우리 평범한 소시민의 내면에 있는 작은 악(악이 불편하면 이기심이라고 해도 좋다)을 대변하는 듯한 느낌도 든다. 가후는 그런 인물이다. 그러나 그런 것에 매력을 느낀다는 사실에 대한 고백과 인생을 그처럼 살아야 한다는 말은 얼마나 다른 것인가.

「삼국지톡」의 가후에 대한 반응과 유사한 그 반응, 그 호감 어린 동경을 나는 비슷한 시기에 여러 다른 웹툰들에서도 느낄 수 있었다. 작은 가문에 닥친 위험에 맞서는 한 절대 고수의 이야기를 그리는 무협 만화 「장씨세가 호위무사」에는 소위건이라는 인물이 등장한다. 그는 사파의 검객이나 절대 고수인 주인공 광휘와 마주치자 그의 실력을 대번에 알아보고는 제대로 싸워보지도 않고 목숨을 구걸한다. 이후 그는 주인공의 조력자가 되는데, 수많은 위기에도 불구하고 목숨 하나만은 건지는 그를 두고 독자들은 외친다. "인생은 소위건처럼."

마법 스크롤 상인이던 지오가 신, 드래곤, 마법사, 흑마술사 등과 엮이며 세계의 뒤틀림에 맞선다는 내용의 하이판타지 「마법스크롤상인 지오」에는 로젠바흐 헨드릭스, 속칭 그레이라 불리는 인물이 등장한다. 그레이는 영생을 위해 자신의 몸을 언데드로 만든 흑마술사다. 감정은 완전히 배제한 채 자신의 계획과 이익을 위해서만 계산하고 움직이는 인물로서, 독자들에게 큰 지지를 받고 있다. 완전한 적도 아군도 없는 상태를 유지하며 계산에 계산을 거듭해 자기 이익을 쟁취해내는 모습에서 호감을 느끼는 듯하다.

　나는 이런 인물들에게 매력을 느끼는 것을 넘어 대체로 열광하는 분위기 속에서 좀 위기를 느꼈다. 자신이 살고자 하여 자신이 속한 커뮤니티를 파괴하면서도 자신의 안위만 보전되고 또한 그 자신의 능력 자체만 인정받으면 된다는 식의 사고는 오늘날 너무나도 익숙하고 팽배해 있기 때문이다. 우리는 주변에서 그런 인물들을(유명인이든 아니든) 어렵지 않게 찾을 수 있다. 그런 이들에게, 또한 그런 삶을 동경하는 이들에게 뭐라고 하고 싶다기보다는, 그렇게까지 해서라도 살아남고 성공해야 한다고 점점 더 압박하는 듯한 이 세계의 규칙에 숨이 막히는 느낌이다.

우리 내면에 작은 악마가 있기에

「나 홀로 집에」

크리스마스 특집으로 「해리포터」라니? 요즘에는 「나 홀로 집에」 안 틀어주나? 이렇게 공연스레 세월을 느끼고는 간만에 「나 홀로 집에」를 봤다. 초대형 비디오 대여점이 온라인상에 들어선 오늘날에 편리함과 함께 약간의 씁쓸함을 느끼며.

동네 비디오 대여점 창문에 붙어 있던 「나 홀로 집에 2」 포스터가 아직도 생생히 기억난다. 신문을 펼친 채 이상한 표정을 짓고 있는 꼬마, 그리고 나쁜 사람일 게 분명한 두 사람이 커다란 빌딩 뒤에 서 있었다. 당시 나는 아직 1편을 보지 않은 상태였다. 그럼에도 불구하고 재밌는 영화임이 틀림없다는 걸 알았다. 2편을 본 뒤 배꼽을 빼놓은 채 1편도 연달아 보았다. 이거 진짜 말 그대로 골 때리네. 너무 웃겨서 심형래가 주인공으로 나온 패러디 영화 「영구 홀로 집에」까지 빌려 봤으니 말 다했다.

한동안은 이 영화를 돌아오는 크리스마스 때마다 볼 수 있었다. 많은 사람이 이 영화를 보며 즐거워했다. 오랫동안 크리스마스 시즌 때마다 「나 홀로 집에」 시청률이 보도될 정도로 화제였다. 몇 번이고 본 영화인데도 볼 때마다 웃겼을까? 고등학생 무렵에는 의아함까지 느꼈다. 어지간한 개그는 패턴이 예상되고 그에 익숙해지면 안 웃겨야 정상인데. 아아, 혹시 이것이 슬랩스틱의 힘일까.

「나 홀로 집에」에 대한 사랑은 게임으로도 이어졌다. 1, 2편 모두 다양한 기기로 여러 게임이 발매되었는데, 퀄리티가 빼어난 편은 아니었다. 그럼에도 많은 어린이들이 「나 홀로 집에」를 좋아한 만큼 나도 그 게임들을 좋아했다. 특히 내가 즐겨 했던 것은 MS-DOS 버전의 「나 홀로 집에 2」로, 게임의 문법은 지극히 단순하다. 두 도둑─해리와 마브가 케빈을 쫓아오고, 플레이어는 케빈을 조작해 도망친다. 길거리, 장난감 백화점, 호텔 등 영화 속에 등장하는 장소를 쉬지 않고 달리면서 근처에서 구할 수 있는 다양한 물건들로 도둑들이 가까이 오지 못하게 견제해야 한다. 두 멍청한 도둑이 좀비처럼 쫓아오다가 넘어지고, 미끄러지고, 기절하는 모습이 영화에서 보던 것 못지않게 통쾌한 게임이다.

하여튼 오래간만에 열심히 케빈에게 깨지는 해리와 마브를 보니 여전히 웃기고, 웃기다가, 이내 조금 불쌍

해졌다. 그래도 그렇지, 천벌을 받을 짓을 한 놈들도 아닌데 저렇게 처참하게 깨지는 건 좀 그렇네. 트위터상에서 떠들던 '눈사람 이야기'도 자연스레 생각났다.

지난겨울에는 남이 정성 들여 만든 눈사람을 발로 차서 망가뜨리는 사람에 관한 이야기로 떠들썩하더니, 올겨울에는 그런 사람을 벌하기 위해 눈사람 속에 돌덩어리를 넣는 사람의 이야기로 떠들썩했다. 누가 잘했다, 잘못했다, 나쁘다, 더 나쁘다……. 나는 어느 쪽이냐면, 그냥 웃어넘기자는 쪽이다.

눈사람을 발로 차서 망가뜨리는 사람의 심보가 좋다고는 할 수 없다. 그렇지만 모르는 이가 만들어놓은 눈사람을 발로 차서 무너뜨리는 일에서 즐거움을 느낄 사람이 아주 적진 않을 거다. 눈사람 하나 망가뜨리는 게 범죄는 아니라고, 그냥 만든 사람이 눈앞에 있을 때 박살 내지만 않으면 되는 거라고 생각하는 사람이.

그런 사람을 혼내주기 위해 눈사람 안에 단단한 돌을 넣어두는 사람 역시 심보가 좋다고는 할 수 없다. 하지만 많은 사람은 이 사람의 행위에 정당성을 부여하고, 눈사람을 함부로 망가뜨리는 사람이 그 눈사람을 차서 다리 아파하기를 속으로 상상한다. 만약에 그 사람이 다리를 다친다면 멀쩡한 눈사람을 찬 그 사람의 잘못 아닌가 하면서. 사실 이러한 징벌주의적인 심리, 은근한 영웅주의 심리에서 발생하는 행위는 단순히 눈사람을 발로 차는 것보다는 좀 더 악질적인 것이다.

낱낱이 따지면 그렇다고 해도 너무들 과몰입하지는 말고 웃어넘기자는 말. 누가 만든 것인지 모를 눈사람을 차는 사람의 즐거움에 공감하지는 못해도 인간이니 그럴 수 있음을 이해해주자. 또, 그런 사람을 혼쭐내주겠다고 돌 넣은 눈사람 사진을 찍어 인터넷에 올리는 사람의 악마적인 심보에 공감하지는 못해도 그 역시 인간이니 그럴 수 있음을 이해해주자. 애초에 저 혼자 설 수 있는 커다란 눈사람 정도면 이미 꽤 단단하기도 하고, 그런 눈사람을 다리가 다칠 정도로 세게 찬다는 것 자체가 어지간하면 일어나기 힘든 일이다.

항상 완벽하게 정의롭거나 올바르지는 않은 게 인간이다. 저 정도의 나쁨은 대부분 가지고 있고, 저 정도 나쁜 짓에는 웃을 수도 있는 것이, 웃어도 되는 것이 인간이다. 어쩔 수 없이 그렇다. 어쨌든, 관객들에게 웃음을 주기 위해 매년 크리스마스마다 온몸이 만신창이가 되었던 해리와 마브를 위하여. 그리고 마찬가지로 팬들에게 즐거움을 주기 위해 개명까지 불사한 맥컬리 맥컬리 컬킨 컬킨을 위하여!

자전거를 좋아해서
자전거 나오는 것만 골라서 봤다 1

「이카로스」

투르 드 프랑스

2022 투르 드 프랑스 중계를 봤다. TV도 없고 시간도 없어서 유튜브에서 하이라이트 영상만 챙겨 봤지만 그럼에도 흥미진진했다. 일본 고등학교의 전국 체전을 다룬 자전거 만화 『겁쟁이 페달』에서 보여주는 경기 내용이 실제 전국 체전의 내용과 얼마나 비슷한지는 모르겠으나, 투르 드 프랑스와는 꽤 비슷한 편이다. 세계에서 가장 큰 자전거 대회인 투르 드 프랑스는 프랑스와 그 주변국을 무대로 3천 킬로미터가 넘는 거리를 약 20여 일 동안 달린다. 언덕을 가장 빨리 넘는 선수에게는 빨간 물방울무늬가 그려진 산악왕 저지를, 평지에서 가장 빨리 달린 선수에게는 초록색 스프린터 저지를, 종합 성적이 가장 좋은 최우수 선수에게는 노란색 저지를 수여한다. 대회가 진행되는 동안 날마다 입고 달리는 이 저지들의 주인이 되기 위해 수백 명이나 되는 여

러 팀의 선수들은 자신의 한계를 시험한다. 그러다 보니 만화보다 더 극적인 순간들도 자주 나오는 편이다.

2022 투르 드 프랑스는 '천재' 또는 '황제'라는 별명으로 불리는 UAE팀의 타데이 포가차와 에이스 자전거 팀 융보비스마의 대결 구도로 진행되었다. 자전거계에서 역사상 가장 뛰어난 선수일지도 모른다고 입을 모으는 타데이 포가차. 그러나 자전거 경주는 팀 경기이기에 팀 전체 기량이 압도적으로 뛰어난 융보비스마를 포가차 개인이 이겨낼 수 없는 어려움이 뒤따르면서, 기이하게도 '황제'라 불리는 이가 언더독 포지션에 있는 재미있는 구도를 이루었다. 이 때문에 포가차가 압도적으로 독주할 때는 포가차가 지기를 바라다가도, 포가차가 융보비스마에게 포위되어 있을 때는 다시 포가차가 이기기를 바라는 갈팡질팡 시청자들이 많은 모양이다.

「이카로스」

현실 스포츠가 인간의 육체와 정신이 한계에 부딪히면서 일궈내는 드라마, 만화와 영화보다 더 극적인 드라마이기를 바라지만, 현실은 만화와 영화가 아니기에 드라마에 대한 몰입을 깨뜨리는 어두운 면 역시 존재한다. 「이카로스」는 스포츠계를 둘러싼 어두운 면을 다룬 다큐멘터리 영화다.

감독이자 주연인 브라이언 포겔은 아마추어 선수 수

준의 자전거인이다. 그는 랜스 암스트롱의 팬이었다. 랜스 암스트롱은 고환암을 이겨내고 재활 끝에 투르 드 프랑스 7연패라는 위업을 달성했던 미국의 전설적인 자전거 선수였다. 그야말로 인간 드라마를 쓴 장본인이었지만 은퇴 이후 그가 선수 시절에 장기간 약물 도핑을 해왔다는 사실이 알려지면서 그의 모든 업적은 말소된다. 랜스 암스트롱의 몰락을 통해 브라이언 포겔은 스포츠계의 가장 깊은 어둠 중 하나인 약물 도핑에 관한 다큐멘터리를 만들기로 한다.

오늘날 여전히 수많은 선수가 약물 도핑을 하고 있음에도 불구하고 왜 모두 밝혀지지 않는지, 세계 반도핑 기구WADA가 존재함에도 어떻게 그럴 수 있는지 포겔은 궁금증을 지니고 파고든다. 약물 도핑 테스트의 허점을 밝혀내기 위해 스스로가 약물 도핑을 받고 아마추어 자전거 대회에 참가해 1위를 한다는, 다소 황당하고도 위험한 계획을 세운다. 그는 수소문 끝에 그리고리 로드첸코프라는 사람을 만난다. 그는 러시아 반도핑 연구소의 소장으로서 정부 지시에 따라 러시아 운동선수들에게 약물을 제공하고 또한 약물 검사에서 양성 반응이 나오지 않도록 치밀한 도핑 은폐 시스템을 만든 장본인이다.

포겔은 로드첸코프의 도움으로 랜스 암스트롱이 받았을 것으로 추측되는 약물 도핑 옵션을 거의 동일하게 받는다. 물론 도핑이 모든 것을 해결해주지 않으므로 그는 대회를 위한 훈련도 혹독하게 거친다. 그리고 대망의 대회일. 로드첸코프는 포겔에게 말한다.

당신은 개척자예요.
당신은 당신 발상의 피해자예요.
나는 지금 성직자 같아요.
도핑에 품은 당신의 불안을 치유하고 있으니까요.
당신은 자유고 힘도 충분하며 신도 함께하실 거예요.
당신은 우승할 수밖에 없어요.

비록 약물에 찌들긴 했지만 우승하여 감동적인 인간 드라마를 연출하겠다? 혹은 당초의 생각대로 도핑으로 우승하는 과정을 통해 도핑 테스트의 허점을 만천하에 공개하겠다? 어느 쪽이든 포겔 나름의 계획이 있었겠 지만 현실은 언제나 망상대로 되지 않는 법. 포겔은 도 핑을 하고서도 도핑 전 자신이 냈던 성적에도 한참을 못 미치며 경기를 마무리한다. 이제 이 다큐멘터리는 어디로 흘러가는 거지? 포겔 자신의 계획보다 더 어둡 고 위험한 방향으로 흘러간다.

독일의 한 방송국은 러시아 국가대표 운동선수들의 도핑을 다룬 다큐멘터리를 방송한다. 러시아 반도핑 연 구소장인 그리고리 로드첸코프는 논란의 중심이 된다.

세계 반도핑 기구와 미국 국무부, FBI, 그리고 자국 러시아와 얽힌 위험한 시간이 흘러간다. 러시아 반도핑 연구소의 집행이사와 위원장이 갑자기 심장마비로 연이어 사망한다. 로드첸코프는 신변에 위협을 느끼고 포겔의 도움을 받아 미국으로 도주한다. 그리고 목숨을 걸고서 『뉴욕 타임스』를 통해 자신이 러시아 반도핑 연구소에서 푸틴의 지시 아래 벌였던 약물 스캔들의 진실을 폭로한다.

러시아 정부 및 몇몇 이들은 로드첸코프의 정신병 전력 등을 들어 그의 폭로가 사실이 아니라고 주장하지만, 그가 제공한 수많은 증거와 조사 등을 통해 러시아 운동계의 도핑 의혹은 사실로 드러난다. 로드첸코프는 결국 목숨을 구하기 위해 미국에 증인 보호 절차를 밟아 은신하게 된다.

영화는 로드첸코프가 서른 살 때 읽었던 조지 오웰의 『1984』(그가 어릴 때는 러시아에서 금서였다고 한다)의 구절들을 자주 인용하며 푸틴이 이끄는 러시아 정부를 직접적으로 비판한다. 로드첸코프의 부정은 그저 개인 연구와 국가 업무에 대한 충실에 따른 것이었겠지만, 그가 만든 도핑 은폐 시스템은 러시아가 소치 올림픽에서 많은 금메달을 따도록 도왔고, 다시금 대국민적 지지를 얻은 푸틴은 이를 바탕으로 우크라이나를 침공한다. 평화의 상징이라는 올림픽의 그늘에서 시작된 가장 거

대한 폭력이었다. 로드첸코프로서는 상상할 수 없던 흐름이었으며 그는 커다란 죄책감을 느낀다. 영화가 계속되는 내내 양면적이고 혼란스러운 모습을 보이는 그가 왜 브라이언 포겔의 이상한 계획에 동참했는지를 짐작하게 하는 대목이다. "당신은 개척자예요. 당신은 당신 발상의 피해자예요." 궁극적으로 이는 포겔에게 하는 말이 아닌, 로드첸코프 자기 자신에게 하는 말이었던 것이다.

자전거를 좋아해서
자전거 나오는 것만 골라서 봤다 2

「뚜르: 내 생애 최고의 49일」「더 레이서」

「뚜르: 내 생애 최고의 49일」

「이카로스」의 감독 브라이언 포겔은 랜스 암스트롱의 도핑 사건에 충격을 받고 약물로 얼룩진 스포츠 세계를 추적했다. 한편 랜스 암스트롱이 전설이었던 시절, 랜스의 자취를 따라 투르 드 프랑스의 코스를 완주하고자 한 사람을 담아낸 다큐멘터리도 있다. 「뚜르: 내 생애 최고의 49일」이다.

희귀암을 앓고 있던 스물여섯 살 청년 이윤혁은 20차 항암을 끝으로 치료를 중단한다. "암세포보다 더 많은 것을 지금 잃고 있다는 생각을 했어요." 그는 고환암을 이겨내고 투르 드 프랑스를 정복했던 랜스 암스트롱의 자서전을 읽고는 3천 킬로미터가 넘는 투르 드 프랑스의 코스를 따라 달려야겠다고 생각한다.

자신의 목숨을 담보로 투르 드 프랑스 코스를 달리는 기획을 짜낸 이윤혁. 운 좋게 후원자를 구하고, 자신을 도와줄 사람들을 만난다. 윤혁과 함께 자전거를 타고 달려줄 형들, 영화감독, 마침 안식일을 맞아 휴가를 가려 했던 주치의, 프랑스에서 사는 한국인 여행 가이드 등 총 10명으로 구성된 이상한 자전거 팀이 프랑스 칸에서 여행을 시작한다.

영화는 마치 힐리 코스*처럼 구성되어 있다. 업힐로 시작해 다운힐로, 다시 업힐, 그리고 다운힐로 이어진다. 초반 업힐 코스는 그야말로 엉망진창이다. 같이 달리기로 했던 미캐닉은 자전거에 달아둔 카메라 때문에 첫날부터 낙차해 손이 골절된다. 주치의는 "평생 이렇게 여행해본 적 없다"며 열악한 숙소에 불만을 드러낸다. 여행 가이드는 궂은일을 도맡아 하는데도 돌아오는 건 불평뿐이라 마음이 상한다. 부족한 제작비는 금세 바닥이 드러나고 초점이 삐걱거리는 팀에 맞춰지는 동안 윤혁은 말없이 달릴 뿐이다.

좁은 방에 3층 침대 서너 개가 들어간, 그야말로 비참한 방에서 묵을 때쯤 모두가 해탈했던 것일까. 그날 저녁 술자리를 통해 모두 조금씩 서로를 이해하는 모습을 보이며 팀의 분위기는 전환된다. 목숨을 걸고 달리는 윤혁의 의지에 따라 모인 이들인 만큼 중도 하차도

• hilly course. 자전거 등 레이스에서 경사도 높은 오르막과 내리막이 반복되는 코스를 이르는 표현.

어려운 상황. 모두가 '즐기는 자 모드'[*]로 들어간다. 배경음악으로 손담비의 「미쳤어」가 깔린다.

후반부 업힐. 출발한 지 30여 일이 지난 시점에서 윤혁은 눈에 띄게 지친다. 계속되는 오르막에 체력과 정신력이 고갈된 것이다. 하늘에 별빛이 가득한 밤, 언덕을 오르던 윤혁은 한국에 계신 어머니를 떠올린다. "어머니 아버지가 돌아가시는 걸 내가 지켜봤으면 좋겠어요." 그간 한 번도 눈물을 보이지 않던 윤혁이 페달을 밟으며 오열한다.

48일째. 윤혁 일행은 마지막 고난인 방투산을 오른다. 방투산은 1967년 자전거 선수 톰 심프슨이 투르 드 프랑스 대회 도중 열사병으로 사망한 곳이다. 그 또한 약물에 의한 신체 손상으로 사망한 것이라는 루머가 있긴 하지만, 죽는 순간까지 핸들을 놓지 않았다는 점에서 많은 자전거인에게 존경을 받는다. 윤혁을 도와 내내 함께 달린 선배는 톰 심프슨의 추모비를 지나며 애도의 뜻을 담아 그곳으로 수통을 던진다. 그리고 산 정상. 모두 서로를 격려하고 축하하며 단체 사진을 남긴다.

그리고 마지막 코스인 파리. 생애 처음이자 마지막으

---

[*] 『논어』에 "아는 이는 좋아하는 이만 못하고, 좋아하는 이는 즐기는 이만 못하다"라는 말이 있다. 또한 세간에는 "피할 수 없다면 즐겨라"라는 말도 있다. "즐기는 자 모드"는 이 두 표현을 바탕으로 생긴 표현으로, 이말년 작가의 웹툰 「이말년 서유기」를 통해 널리 퍼졌다. 즐기는 자 모드에 들어간 사람은 아무도 이길 수 없다.

로 보는 아름다운 도시. 완주한 뒤 윤혁은 다시 한번 흐
느낀다. 그리고 49일간의 꿈에서 깨어나 현실로의 복
귀. 윤혁에게 랜스 암스트롱과 같은 기적은 일어나지
않는다. 그는 빠른 속도로 병약해진다. 몇 달 뒤, 스물일
곱의 나이로 그는 세상을 떠난다. 영화 마지막 순간에
카메라는 자욱한 안개 속에서 자전거로 언덕을 내려가
는 윤혁의 뒷모습을 오래 담아낸다. 몽환적인 풍경이라
아름답고 슬프다.

「뚜르: 내 생애 최고의 49일」은 만듦새 또한 힐리 코
스처럼 들쑥날쑥하다. 2009년에 촬영하고 2017년에 개
봉된 이 영화는 편집 과정 동안 감독이 계속 바뀌며, 네
명의 감독이 이름을 올린다. 시사회 인터뷰 내용에 따
르면, 마지막으로 이름을 올린 임정하 감독은 원래 제
작자로 참여했지만 감독을 도맡을 이가 없게 되자 스스
로 편집을 배워 영화를 마무리한다. 평범한 개인의 삶
과 죽음을 작품으로 매만지는 일이 다들 쉽지는 않았으
리라.

「더 레이서」

이 영화는 "투어 오브 셰임tour of shame"이라 불리는
1998년 투르 드 프랑스를 모티프로 삼는다. 늘 도핑 문
제에서 자유롭지 못한 투르 드 프랑스이지만, 그해는
도핑에 쓰이는 알약을 밀반입하던 트럭이 프랑스 세관

에 적발되어 더욱 파문에 휩싸였다. 이 영화 또한 실제 사건을 모티프로 삼아 극 내용에 반영하고 있다. 그렇다면 한 자전거 선수에 초점을 맞춘 이 영화는 어떻게 흘러갈까? 약물 사용을 부끄럽게 여긴 이가 반성하고 정정당당한 레이스를 펼치는 내용일까? 그랬다면 아름다웠겠지만, 우승을 위해 모두가 도핑을 하는 스포츠계에서 깨끗하고 정정당당하게 승리하는 이야기 같은 건 만화에나 나올 법한 일이라고 어떤 선수들은 생각할지도 모른다.

이 영화는 그래서 퇴물이 된 주인공의 인생 역전담 같은 것이 전혀 아니다. 주인공은 팀의 도움 선수*인 도미닉 샤볼. 팀의 에이스에게 우승을 양보해야 하는, 그래서 25년 선수 생활 동안 단 한 번도 우승을 못 해본 그조차 약물에 의존한다. 은퇴 시기는 다가오고, 자신이 헌신해온 것에 비해 팀의 대우는 엉망이다. 대회 시작 직전에 방출되었다가 다시 기회를 잡는 등 온갖 굴욕과 수난을 겪는다. 아버지가 죽었다는 누나의 부고 전화에도 아랑곳하지 않고, 대회를 더 중요하게 생각하

---

* 투르 드 프랑스 같은 자전거 대회는 흔히 팀 경기로 인식된다. 대회에는 여러 팀이 출전하며, 각 팀은 가장 뛰어난 선수인 GC 선수(종합 우승을 노리는 선수)를 우승시키기 위해 이를 도와주는 여러 선수를 기용한다. 도메스티크, 도움 선수라 불리는 이들은 자기 팀 GC 선수의 우승을 위해 그의 앞에서 바람막이가 되어 달려주거나, 적 팀 선수의 움직임을 방해하는 등 궂은 역할을 도맡는다.

는 패륜아이기도 하다.

자전거가 인생의 전부인 그는 팀을 더 가족처럼 여긴다. 도핑 약물을 관리하는 팀 소속 치료사 소니는 자신의 아버지보다 더 가족같이 아끼는 사이이고, 그래서 샤볼은 아버지의 장례식조차 가지 않으면서도 소니의 갑작스러운 죽음에는 크게 슬퍼하며 애도의 뜻을 담은 암 밴드를 착용한다. 팀의 감독, 에이스 선수 등과도 갈등을 겪지만, 영화 끝에는 마치 가족 간의 일상적인 불화를 겪고 잘 지내게 된 것처럼 '잘' 마무리된다. 끝끝내 진짜 가족의 품으로는 돌아가지 않고, 약물 없이는 우승하지 못하는 레이스의 세계에 얼마간 더 머무르게 되는 것으로. 매우 건조하고 냉소적인 태도를 유지하는 점이 인상적인 영화다. 그러나 쓰라린 인생 역정을 겪어본 사람들은 알 것이다. 끔찍한 것과 작별하고 돌아갈 기회가 찾아온다고 해도, 이미 너무 멀리 떠나왔다면 돌아가기가 쉽지 않은 게 인생이라는 것을.

자전거를 좋아해서
자전거 나오는 것만 골라서 봤다 3
「뚜르 드 프랑스: 기적의 레이스」「자전차왕 엄복동」

「뚜르 드 프랑스: 기적의 레이스」

「뚜르: 내 생애 최고의 49일」이 투르 드 프랑스가 끝난 뒤 그 코스를 따라가는 주인공 이윤혁의 (자칭) "번외 경기"를 담은 다큐멘터리였다면, 「뚜르 드 프랑스: 기적의 레이스」는 투르 드 프랑스의 선수들보다 하루 일찍 그 코스를 달리는 주인공 프랑수아의 번외 경기를 담은 코미디 영화다.

프랑수아는 소싯적 그저 그런 자전거 선수였다가 자전거 제조사에 취직한 한 가정의 가장이다. 여전히 자전거에 미쳐 있지만 그의 아내는 남편의 광적인 자전거 사랑을 못마땅해한다. 한편 프랑수아는 아들이 (유명 자전거 선수와 이름이 같은) '암스트롱'이라는 래퍼를 좋아해서 고민이다. 꼰대인 그에게 힙합은 불량한 음악이기 때문이다.

투르 드 프랑스 개최가 다가오고, 프랑수아에게 대회

중 회사 차량을 운전할 기회가 찾아온다. 선수로서도 아니고 자전거로써도 아니지만 선수들과 함께 코스를 달릴 수 있는 절호의 기회. 그러나 대회에 참가하면 투르 드 프랑스 기간에 잡아둔 가족 여행에 함께하지 못한다. 잠시 갈등하지만 아내와 상의 없이 이를 수락하는 프랑수아. 결국 대회 전날 행사에 동석한 아내가 이 사실을 알게 되고, 아내는 아들과 함께 가출 여행을 떠난다. 행사장을 떠나는 아내를 붙잡으려다 회사 자전거 팀 에이스의 부적을 망가뜨린 프랑수아는 이 일로 해고까지 당한다. 심적으로 모든 걸 잃은 상황에서 프랑수아는 혼자만의 투르 드 프랑스를 시작하고, 여러 우연이 겹치며 매스컴까지 타게 되는데…….

영화는 전반적으로 조잡하다. 어쩐지 프랑스 코미디에 필수 첨가물처럼 느껴지는 성적 농담, 어이없지만 그러려니 하는 무의식의 흐름 같은 전개, 도핑과 시위 탄압과 인종차별 등 이것저것 풍자랍시고 적당히 버무려둔 장면 등이 계속된다. 터무니없는 내용이면서도 너무나도 뻔한, 황당함의 전형성을 보여주는 작품이라고 할 수 있다. B급 「포레스트 검프」라고 하면 적당할까?

「자전차왕 엄복동」

"술 한잔 마셨습니다…… 영화가 잘 안 되도 좋습니다.

하지만 엄복동 하나만 기억해주세요. 진심을 다해 전합니다. 영화가 별로일 수 있습니다. 밤낮으로 고민하고 연기 했습니다……. 최선을 다했고 열심히 했습니다. 저의 진심이 느껴지길 바랍니다. 고맙습니다……."

연기자 정지훈(가수 비)은 2019년 2월 SNS에 이러한 글을 남겼다. 이 글은 즉각 엄청난 파장을 일으켰다. 개봉 전 시사회로 악평이 쏟아지던 영화 「자전차왕 엄복동」의 주연이 남긴 글이라서 그렇기도 했지만(자기가 보기에도 영화가 별로라는 걸 인정하는 듯한 구절), 마치 음주 운전처럼 이어지는 횡설수설이 웃겼기 때문이리라.

「자전차왕 엄복동」은 제작비 150억을 들이고 17억의 수익을 낸, 망한 영화다. 관객 수 17만 명은 한때 1UBD*라는 단위가 되어 조롱의 의미로 널리 쓰이기도 했다.

세상을 나누는 데엔 여러 가지 기준이 있다. 「성냥팔이 소녀의 재림」을 본 사람과 안 본 사람, 「클레멘타인」을 본 사람과 안 본 사람, 그리고 「자전차왕 엄복동」을 본 사람과 안 본 사람. 나는 셋 모두 본 사람들의 세계에서 살아가고 있다.

---

* 엄복동Um Bok-Dong의 앞 글자만 딴 영화 티켓 판매량의 단위. 그러나 문학계에 몸담은 이들이라면 UBD 밈이 퍼졌을 때 아무 생각 없이 웃지는 못했을 것 같다. 1UBD만큼 팔린 책은 그해 베스트셀러 10위 안에 들어가기 때문이다.

「자전차왕 엄복동」은 재미있는 영화다. 영화는 어설 픈 CG로 처리된 매 한 마리가 일제강점기 조선의 하늘 을 날아가는 장면으로 시작된다. CG가 너무 조악했던 지라 나는 영화가 시작된 지 1초 만에 웃을 수 있었다. 곧이어 등장한 정지훈의 진지하고 해맑은 연기를 보며 웃을 수 있었고, 이 영화에조차 배우 이경영이 등장한 다는 사실에 어이가 없어 웃을 수 있었으며, 영화 「승리 호」 등에서도 숱하게 조롱받았던, 한국 영화 클리셰 모 음집 같은 저품질 대사들을 보면서도 비웃을 수 있었 다. 여성 혐오적인 대사와 장면도 많은데 너무 단순하 고 고전적이라 유치해서 웃겼다. 익숙한 멜로, 신파, 국 뽕, 스포츠 모든 것을 담아냈지만 그 무엇 하나도 제대 로 성취하지 못한 영화였다.

영화를 본 이후에 궁금증이 생겼다. 영화는 1910년대 자전거 대회를 마치 서울시 공공 자전거 따릉이를 타 고 경주하는 듯한 속도감으로 보여준다. 이런 형편없는 연출 중에도 좀 인상적인 장면은 엄복동이 모리시타를 역전하는 순간에 엉덩이를 들어 올리는 대목이다. 순 간 가속을 위해 소위 '댄싱'*을 치는 것인데, 그래서 첫 째로 엄복동의 실물이 궁금했다. 엄복동을 찍은 사진을 인터넷에서 찾았다. 우승기를 들고 자전거 옆에 선 엄

* 안장에서 일어나 체중을 실어 페달을 밟는 자전거 기술.

복동의 장딴지는 아주 두꺼웠다. 평지에서 가속을 주특기로 하는 스프린터 유형의 선수였을 것이 틀림없었다.

둘째로 엄복동의 자전거가 궁금했다. 아무리 1910년대라도 대회에서 따릉이 같은 속도감을 보여주는 자전거를 탔을 리는 없지 않을까 싶어서다. 엄복동이 탔던 자전거는 대한민국 등록문화재 466호라는데 실제로 본 적은 없다. 영국 러지사社가 1910년대에 제작한 자전거라는 정보를 듣고서 더 살펴보았다. 문화재로 등록된 엄복동의 자전거는 1920년에 러지에서 엄복동에게 홍보를 겸해 선물한 것이라고 하니, 영화의 배경인 1910년대에 엄복동이 탔던 자전거는 아닐 것이다(어차피 영화 내용은 죄다 허구이긴 하지만). 그래도 당시 자전거의 대략적인 성능은 알 수 있을 듯했다.

1910년 러지에서 만든 자전거 중 하나의 사양을 보면 다음과 같다. 휠 사이즈는 28인치로, 작금의 로드바이크 700C와 유사한 사이즈일 것으로 보인다. 강철 프레임. 코스터 브레이크와 림 브레이크*를 혼용하고 있다. 2, 3단 변속 기어가 달린 것을 보니 고속-저속 정도의 변속이 가능할 듯하다.** 기어비는 35t-15t. 무게

---

* 코스터 브레이크는 페달을 뒤로 밟는 동작으로 브레이크가 작동되는 방식이며, 픽시 자전거 등에 쓰인다. 림 브레이크는 유압식 레버를 손으로 쥐면 브레이크 패드가 휠을 움켜잡아 마찰을 일으키는 방식으로, 지금까지도 가장 많이 쓰인다. 최근 신제품 자전거들은 점점 디스크 브레이크를 채용하는 추세다.
** 단순한 기어비를 추구하는 자전거는 여전히 존재한다. 흔히 '예쁜 자전

는 대략 14킬로그램. 요즘 풀카본 로드바이크의 무게는 7킬로그램 정도밖에 안 되지만, 철로 만든 옛날 자전거임을 감안하면 가벼운 편이다. 참고로 따릉이의 무게는 18킬로그램으로 엄청 무겁다.

결론적으로 옛날 그 상태 그대로 가져와도 따릉이보다는 빠른 자전거일 게 틀림없다. 이런 자전거들이 있던 시대의 프로 자전거 경주를 따릉이 산책 수준의 속도감으로 담아낸 영화가 새삼 놀랍다. 뛰어난 자전거 선수였던 것도 사실이나 실형을 받은 자전거 절도범이기도 했던 엄복동을 애국지사처럼 왜곡해서 그려낸 것도 대단하다면 대단하고.

결론은, 술 마시고 난 뒤에는 가급적 SNS를 안 하는 게 좋다는 것이다. 솔직히 SNS는 술 안 마셨더라도 안 하는 게 좋은 것 같다. 그러나 오늘날 우리에게 SNS란 무엇인가? 도핑이다. 몸에 안 좋은 줄 알면서도 한번 경험하고 나면 빠져나오기 힘든, 관심과 고독과 자기 상품화에 관한 약물이다. 랜스 암스트롱은 도핑을 시인한 이후의 인터뷰에서, 도핑에 손대기 이전으로 돌아갈 수 있다고 해도 다시 도핑을 했을 것이라고 말한다. 「더 레이서」의 주인공 도미닉 샤볼이 내린 결론도 이와 같다. 모두가 도핑을 하는 시대에 도핑 안 해서 도태될까 봐

거' 하면 자주 언급되는 픽시는 '고정 기어 자전거fixed-gear bicycle'의 애칭이다.

두려워하는 이가 있다면 그것을 그저 개인 문제라고 말할 수 있을까. 오로지 개인의 자유이고 선택에 의한 것일 뿐이라고, 그렇게 말하면 그만인 것인가.

자전거를 좋아해서
자전거 나오는 것만 골라서 봤다 4

「꼬마 자전거 스피디」「롱 라이더스!」

「꼬마 자전거 스피디」

자전거들이 모여 사는 바큇살 마을에서 벌어지는 이야기를 담은 이탈리아제 3D 애니메이션. 세계 최고의 레이서를 꿈꾸며 우편배달을 하던 녹색 자전거 스피디. 어느 날 평화로운 마을에 그늘이 드리운다. 마을을 통째로 소유하려는 자본가 롤스와 로이스, 그리고 그들에게 매수된 마을 출신 레이서 록이 음모를 꾸민다. 마을 자전거들에게 휘발유 모터를 제공하고 계약서를 작성해 마을을 통째로 손에 넣으려는 속셈이다.

자전거들이 휘발유 모터를 달자 마을은 금세 매연으로 더러워진다. 이에 스피디의 친구들은 휘발유 모터 반대 시위를 하고, 친구를 가장 중요하게 여기는 스피디도 친구들을 돕는다. 그리고 모든 것을 건 마지막 순간, 스피디는 시푸 할아버지가 개발한 친환경 전기 모터를 달고 록과 일대일 레이스 승부를 펼친다.

평범하고 진부하며 교육적인 애니메이션이다. 나는 이 애니메이션을 보는 내내 뭔가 찜찜한 기분을 감출 수가 없었다. 왜 하필 자전거인가? 가진 거라곤 두 바퀴 뿐인 자전거들은 죄다 무슨 일을 하는 것이며, 그들이 사는 집은 도대체 누가 어떻게 지은 것인가? 이것이 그저 자전거를 주인공으로 내세우기 위해 탑승자 인간에게 괄호를 씌운 것이라면, 혹은 인간을 자전거화한 것에 불과하다면 문제 될 것은 없어 보인다. 그렇지만 작품 곳곳에서 그런 게 아니라는 으스스한 신호를 보내는 것이 느껴진다. 스피디는 집으로 들어가서 로봇에게 세차를 받는가 하면, 다큐멘터리 감독을 꿈꾸는 스피디의 친구는 원격으로 움직이는 드론 카메라를 가지고 다닌다.

혹시 이 작품은 인간이 모두 사라지고 난 뒤에 로봇들만 남은 세계를 그리고 있는 애니메이션이 아닐까? 인간이 만들고 생활하던 터전을 그대로 로봇들이 물려받아, 인간이 사라지고 난 뒤에도 저들만의 사회를 꾸려나가는 풍경을 담아냈다면? 폐로 숨을 쉬지 않는 그들에게도 대기 오염이란 중요한 문제이니, 기후 위기가 동물의 생존을 넘어서는 행성의 존폐 문제이기 때문이다.

한편 자전거와 환경 문제를 놓고서도 이런 사실을 살펴볼 필요가 있다. 최근 꾸준히 늘어나고 있는 전기 자전기는 과연 친환경적인 탈것일까? 물론 작중 등장하는 휘발유 자전거에 비해서는 그럴 것이다. 하지만 전기 자동차가 휘발유 자동차보다 친환경적인 대안으로 등장한 것임에 비해, 전기 자전거는 원래 전기나 휘발유 없이도 인력으로 움직이는 자전거에 에너지를 더한 탈것이다. 전기가 대기 중에 자연적으로 생성되는 마법 에너지 같은 것이 아닌 만큼 전기 자전거는 편의를 위해 불필요한 에너지를 낭비하는 것에 불과하다. 산업통상자원부에서 공개하는 e-나라지표의 "에너지원별 발전량 현황"을 살펴보자. 2021년 총발전량은 원자력 27.4퍼센트, 석탄 34.3퍼센트, 가스 29.2퍼센트, 신재생 7.5퍼센트, 유류 0.4퍼센트, 양수 0.6퍼센트 등으로 구성되어 있다. 여러 나라도 아주 다르진 않을 것 같다. 전기 에너지의 출처가 이러한데 과연 무조건 전기라고 해서 친환경적인 에너지라고 할 수 있을까? 에너지를 안 쓸 수 있다면 안 쓰는 것이 친환경이겠다.

이런 생각을 가지고 관련 기사를 찾아보니 2011년에 발행된 비슷한 논지의 칼럼이 있다. "전기 자전거도 친환경 녹색성장일까?" 시에서 주도적으로 전기 자전거를 공영 자전거로 보급하는 일에 대한 반대 의견이다. 기사 마지막 문장이 골자다. "에너지를 사용하지 않는 최고의 친환경 교통수단으로서 자전거 도입의 취지를 잊지 않았으면 좋겠습니다."

「롱 라이더스!」

자전거 대회에서 벗어나 좀 더 일상적인 자전거인의 모습을 담아낸 작품으로 눈길을 돌린다면 만화·애니메이션 「롱 라이더스!」*가 있다. 대학 새내기가 된 쿠라타 아미는 길을 지나다 미니벨로를 보고 자전거에 반한다. 아미는 오래전부터 자전거를 타던 단짝 니이가키 아오이의 도움을 받아 자전거 가게에서 비교적 저렴한 미니벨로를 구입해 자전거 생활을 시작하게 된다.

미니벨로로 자전거에 입문한 뒤 자전거를 타는 다른 친구들과 사귀게 되면서 로드바이크의 세계로 넘어가고, 친구들과 함께 로드바이크를 탄 채 점점 더 높이, 더 멀리 여행을 떠난다는 이야기가 잔잔하게 흐른다. 주·조연을 포함한 거의 모든 등장인물이 미소녀인 작품이지만 이는 남성 오타쿠인 작가의 망상일 뿐으로, 미소녀 가면과 오타쿠의 망상을 걷어낸다면 일반적인 자전거 동호인이 초보에서 숙련자로 향하며 겪는 경험을 거의 그대로 담아내고 있다. 자전거를 처음 구매하는 순간, 자전거로 장거리 주행을 하는 경험에서 오는 즐거움, 자전거로 언덕을 오르는 일의 어려움과 즐거움, 자전거 탈 때 알아둬야 할 기본 상식과 유의 사항 등등 꾸준하게 자전거를 타는 사람들이라면 누구나 공감할

* 2012년 연재가 시작된 만화는 2019년 연재처를 옮기면서 「롱 라이더 스토리즈!」로 제목을 바꾸었다.

만한 내용들이 에피소드마다 이어진다.

결론적으로 미소녀화에 따른 부작용을 피하지 못하고 있는 것이 커다란 흠이다. 조금도 여자들끼리 나누는 대화가 아닌 듯한 '걸스 토크' 대목들, 그리고 간간이 이루어지는 성희롱들이 보는 이를 조금 짜증 나게 하기 때문에 추천하지는 않는다. 자전거를 다룬 작품이 아니었으면 절대로 보지 않았을 것이다.

여러모로 「케이온!」에 자전거 스킨을 입힌 느낌이 드는 작품이지만, 애니메이션 「케이온!」이 쿄애니사社 여성 제작자들의 손을 거쳐 원작 만화의 더러운 느낌을 제거했다는 점을 상기해볼 때 「롱 라이더스!」는 그저 일반적인 미소녀물에 그쳐 안타까울 따름이다(그래서 오히려 좋아하는 분들도 계시겠지만).

아, 아닌가? 이런 부류의 미소녀물은 결국 오타쿠 아저씨들의 순수한 욕망을 반영한 결과물이라고 봐야 할까? 오타쿠 아저씨들은 미소녀 가면을 쓰고 싶은 거야. 오타쿠 아저씨들은 미소녀가 되어서 사랑받고 싶고 희롱당하고도 싶은 거야. 미소녀로 태어나지 못해서 너무 슬픈 거야. 미소녀가 되지 못한 오타쿠 아저씨들. 나를 슬프게 하는 사람들. 언젠가 그가 너를 맘 아프게 해 혼자 울고 있는 걸 봤어. 달려가.

좀비 사태를 맞이한 보통 사람들의 이야기

「위 아 더 좀비」

「부산행」은 대체로 재미있는 영화였다. 비록 슬퍼야 할 순간(석우의 죽음)의 연출이 너무 우스꽝스러워서 웃음이 터지긴 했지만. 한국에 좀비가 발생했을 때 일어날 법한 이야기들이 열차라는 공간을 중심으로 몰입감 있게 펼쳐졌다.

그래서 후속작 「반도」에 많은 사람이 실망했던 것일까? 후속작인 만큼 더 절망적인 상황에서 좀비들을 피해 살아남는 이야기를 기대했던 이들이 많았을 텐데, 막상 뚜껑을 열어보니 좀비는 배경으로 전락하고, 절망적인 상황에서 악행을 저지르는 무리들과 이들을 피하려는 생존자들 사이의 이야기가 중심인 아포칼립스물이었다. 이런 장르는 늘 이기적이고 악한 인간들이 남을 돕는 선량한 사람들보다 훨씬 많다. 마치 그게 인간의 본성이며, 인간의 본성은 절망적인 상황에서 숨김없이 드러난다고 말하는 것 같다.

이명재 작가의 웹툰 「위 아 더 좀비」는 이런 클리셰에서 벗어나 있다. 어느 날 초대형 쇼핑몰 서울타워에 좀비 사태가 발발한다. 타워 안은 좀비로 가득 차고, 정부 명령에 의해 타워는 봉쇄된다. 그러나 바깥세상은 아는지 모르는지, 타워에는 생존자들이 존재했다. 생존자들은 좀비가 가득한 타워 안에서 저마다 피난처를 꾸려 생존을 이어 나간다.

이런 배경 이야기만 보자면 여느 좀비물처럼 좀비로부터 도망치기 위해 몸부림치는 사람들의 고투(「부산행」), 혹은 좀비로 가득한 타워 안에서 살아남기 위해 다른 이들을 착취하는 악인들과의 대립(「반도」) 등의 이야기가 예상되지만, 「위 아 더 좀비」는 어느 쪽에도 속하지 않는다. 이 만화 또한 좀비가 '자연재해' 정도로 쓰이는 건 마찬가지이지만, 이런 상황 속에서 작가가 보여주는 건 인간의 추한 본성을 드러낸 악인들과의 대립이 아닌 그저 일상이다.

만화는 주인공 김인종과 그가 속한 일행들의 일상 에피소드를 중심으로 그려낸다. 주인공 무리는 서울타워를 빠져나가는 길을 적극적으로 모색하지 않는다. 그들에게는 저마다 크고 작은 개인사가 있다. 주인공 김인종은 가정사가 불우하다. 아버지는 인종이 어릴 때 사업에 실패해 집을 나갔고 어머니는 병으로 일찍 죽었다. 할머니와 둘이 살며 아르바이트로 생계를 꾸리다가 할머니도 죽어 혼자 살게 된다. 제대로 된 직장도 없고, '평범한 사람'이 꿈인 무던한 성격의 잉여인간. 그런 김인종에게 타워 안은 막막한 현실과 미래에서 벗어나 있는 피난지와도 같다.

나머지 무리의 사정을 살펴보자. 김소영은 동생을 괴롭히던 일진을 홧김에 패서 죽인 종합 격투기 선수다. 임경업은 군에서 탈영한 의무병이다. 소현명은 음주 운전으로 외제 차를 박았다. 왓 존슨은 소설가가 꿈인 백수다. 한보라는 인생에 특별한 일 하나 없이 살아온 공무원이다. 정왕왕은 좀비 사태로 어머니를 잃은 여섯 살 어린 아이다.

그러한 크고 작은 사연을 가진 주인공 무리에게 타워 바깥은 두렵고 막막한 현실이다. 아이러니하게도 좀비로 인해 늘 생명에 위협을 받으며 살아가는 타워 안이 그들에게는 꿈의 공간이다. 그들에게는 현실이 더 지옥 같다는 뻔한 말이 잘 들어맞는 셈이다. 그래서 그들은 크고 작은 문제를 만들고 또 해결하며 불안한 꿈의 공동체를 함께 유지하면서 생존해나간다.

「위 아 더 좀비」에 달린 댓글들을 보면 종종 그런 글들이 있다. 이렇게 평화로운 일상들, 매력적인 캐릭터들을 보여주다가 이들이 어느 순간 하나씩 죽어나가는 이야기가 아닐까, 하는 예상을 담은 글들이다. 가능성이 전혀 없지는 않지만, 나는 「위 아 더 좀비」가 그런 이야기가 아니기를 바란다. 그러는 순간 이 독특한 매력이 있는 이야기는 다시 진부한 클리셰의 굴레로 들어가고 말 테니까.

이 만화는 언뜻 비현실적으로 보인다. 장르의 클리셰에서 좀 벗어나 있기 때문이다. 영화 「반도」는 클리셰다. 재난을 맞이해 모두가 극한의 상황을 맞이하고, 이 속에서 생존하려는 본능을 위해 타인을 버리고, 죽이고, 이용하고, 재물을 빼앗는다는 클리셰. 나는 지겹도록 많이 쓰이는 이 클리셰를 보면 조금 짜증이 나기도 하는데, 사실을 말하자면 이쪽이 훨씬 비현실적이기 때문이다. 재난 상황이 되면 사람들은 뭉치려고 한다. 남을 도우려는 선한 마음 때문만이 아니라 그게 나쁜 상황을 타개하고 생존하는 데에 더 도움이 되기 때문이다. 물론 남을 이용하려는 나쁜 사람들도 없진 않을 거다. 그런데, 그런 나쁜 사람들이 재난 상황이 아닐 땐 본성을 드러내지 않고 살아가던가? 아니다. 탐욕스러운 사람들은 좀비 없는 오늘날 현실에서도 탐욕스럽다.

사람들의 본성이 특별히 선하거나 악하다고 가정하고 절망적인 상황을 통해 이 본성을 드러내고자 하는 클리셰는 솔직히 좀 유치하다. 이제는 그만 봤으면 좋겠다. 사람은 선하기도 하고 악하기도 하다. 그건 「위아 더 좀비」의 인물들도 마찬가지다. 소현명은 똑똑하고 재주 많지만 게으르고 싸가지없는 성격을 가졌다.

음주 운전으로 외제 차를 박고 도망쳤다는 사실이 겹쳐지면서 소현명은 연재 초반에 수많은 욕을 먹었던 캐릭터다(마치 자신들의 외제 차인 양 분개했다! 얼마나 도덕적인 독자들인가!). 그는 모르는 사람은 좀비에 물려 죽든 말든 상관 않지만, 자신과 친분이 있는 인종이 좀비에게 죽으면 마음이 불편할 거라 말한다. 그야말로 보통 사람이다. 「위 아 더 좀비」는 등장인물이 보통 사람들로 가득하더라도 작가의 역량에 따라 더없이 매력적인 이야기가 될 수 있다는 것을 보여주는 만화다.

뒤집기와 반복만으로는 재현되지 않는 것

「고스트버스터즈」

「고스트버스터즈: 애프터라이프」*는 「고스트버스터즈」 시리즈의 네 번째 작품인 동시에 1989년 개봉된 「고스트버스터즈 2」와 이어지는 작품이다. 2016년 주연들을 전원 여성으로 내세워 리부트한 「고스트버스터즈」는 흥행에 실패하고 팬들의 외면을 받았다. 이에 오리지널 영화의 감독이 제작을, 그의 아들이 감독을 맡아 새로 만든 작품이 「고스트버스터즈: 애프터라이프」이다.

내가 「고스트버스터즈」의 팬인가? 그런 것 같기도 하고, 아닌 것 같기도 하다. 따져보자면 나는 「고스트버스터즈」 영화 자체를 좋아한다기보단 그 영화가 가진 요소들을 좋아하는 것 같다. 상징적인 유령 아이콘, 캐

---

* 국내 개봉명은 「고스트버스터즈 라이즈」. 크리스토퍼 놀런이 감독한 배트맨 삼부작의 마지막 작품이 「다크 나이트 라이즈」라는 점 하나만으로 제목을 저렇게 바꾼 것 같은데, 정말이지 아무 맥락도 없고 어리석은 짓인 것 같다.

딜락 장의차를 개조한 엑토 1, 레이 파커 주니어가 만든 흥겨운 OST,* 약간의 으스스함을 버무린 코미디가 주는 괴상한 흥겨움, 80년대 미국이 전해주는 레트로 분위기 말이다.

「고스트버스터즈: 애프터라이프」는 적당히 재미있고 적잖이 한심한 영화였다. 요약하자면 고스트버스터즈 4인방 중 한 명이자 팀의 브레인이었던 이곤 스팽글러의 손주들이 잘 모르던 할아버지를 알아가고, 할아버지가 남겨둔 유산으로 다시 한번 찾아온 위기를 막는다는 이야기다. 내용상으로도 선대의 유산을 물려받아 활용하지만, 영화 외적으로도 그렇다. 요즘 영화, 게임 등 여러 분야에서 수없이 반복되는 '과거의 영광 파먹기'를 반복하고 있기 때문이다. 내용을 포함한 거의 모든 것이 「고스트버스터즈」 1편의 반복에 가깝다. 1편의 빌런이 부활하고, 전작의 아이콘들이 재등장하고, 큰 틀에서 보면 스토리와 플롯도 거의 동일하다. 팬이라면 추억이 소환되는 것에 기쁨을 느낄 것이고, 전작을 보지 않은 이라면 그 추억 소환을 위해 치르는 의식의 시간이 좀 길다고 느낄 것 같다.

* 레이 파커 주니어가 쓴 「고스트버스터즈」 OST는 휴이 루이스 앤드 더 뉴스의 「I Want A New Drug」를 표절했다고 판결받은 곡이다. 레이 파커 주니어는 의도가 아니었다고 말하는데, 실제로 들어보면 멜로디와 메인 리프 등의 흐름이 거의 같다. 그럼에도 불구하고 레이 파커 주니어가 '손댄' 쪽이 훨씬 좋다고 나는 변호해주고 싶다.

2016년에 여성 서사로 리부트된 「고스트버스터즈」를 영화관에서 보고 나오면서는 이런 생각을 했던 것 같다. "재밌긴 한데, 뭐가 좀 많이 빠졌네." 그 영화에서 빠진 것은 무엇이었을까?

두 가지 정도만 꼽자면 첫째로 분위기다. 앞서 말했지만 「고스트버스터즈」는 으스스한 코미디 영화로 내내 웃기긴 하나, 진지하게 들려주면 조금 무서울 수 있는 이야기를 한다는 분위기가 흐른다. 2016년판은 확실히 그 부분이 덜하다. 이는 확실히 남성적인 성향이 짙은 작품을 여성 서사로 바꾸어 만들어보겠다고, 반전을 노린 제작 의도에서부터 시작된 문제인 듯하다. 결국 영화 자체가 원작에 대한 패러디에 가깝다 보니, 미약하나마 으스스한 부분은 더 탈색되고 액션과 코미디가 더 강조되었다. 따라서 원작의 요소를 활용하면서도 원작이 지닌 분위기까지 재현해내진 못했다.

둘째로는 진짜 우스꽝스러운 요소들이 별로 없다는 점이다. '여자들도 무엇이든 할 수 있고 멋있다'는 시대적 분위기에 따라 제작된 2016년판 「고스트버스터즈」의 여성들은 재밌고 호쾌하고 멋지다. 그리고 그건 좋은 점이지만 동시에 「고스트버스터즈」의 중요한 요소 하나를 놓치고 있는 것이다. 「고스트버스터즈」는 멋진 사람들의 이야기가 전혀 아니다. 사기 치는 데 능하고 여자 꼬실 생각만 하는 한심한 남자, 좀 바보 같은 남자, 과학과 오컬트에 심취한 너드 등 누가 봐도 좀 지질한 녀석들이 대단한 일을 해내는 이야기다. 그러니까 이런 이야기는 주연이 못나고 이상해 보여야 제대로 작동하는 셈이다. 그리고 그건 「고스트버스터즈」가 지금까지도 열광적인 너드 팬들을 보유하고 있는 이유이기도 하다. 자신을 투영할 수 있는 인물들이 주인공이니까. 동양에서 오타쿠스러운 주인공을 다루는 애니메이션에 오타쿠들이 자기 자신을 투영하고 매료되는 것과 비슷할 것이다.

그렇다고 원작의 그 요소들이 좋다는 건 아니고, 그건 내가 이 영화를 '무척' 좋아할 수는 없는 이유이기도 하다. 단순하게 말하면 너드들의 망상 대잔치이니까. '우리 같은 너드들도 세계를 구원할 수 있고, 미모의 여성과 만날 수 있어!'라는 느낌이 들 수밖에 없는 영화니까.

팬들께서는 「고스트버스터즈: 애프터라이프」에 만족하셨습니까? 2016년 작이나 2021년 작이나 흥행은 다 망한 것 같은데.

행복이 의무인 세상에서

신성한 취미를 위해

주말에는 RPG* 팀 모임이 있었다. 우리 팀은 격주로 모이는데, 지난 플레이에서 「잿불 속의 군단」이라는 게임을 끝냈다. 「잿불 속의 군단」은 잿불의 왕에 맞서 항전하는 '군단'의 이야기를 만드는 게임으로, 어둡고 비장한 분위기가 감도는 군사 판타지다. 컴퓨터 게임 중이와 구조나 내용 면에서 유사한 게임은 「엑스컴」이다. 외계인에게 지배당하는 지구에서 인류 저항군들이 결사 항전을 벌인다는 이야기를 담고 있는 턴 기반의 전략 시뮬레이션 게임이다. 아무튼 「잿불 속의 군단」은 아주 좋은 게임이라는 이야기다.

우리 팀이 선택한 새로운 게임은 「제13시대」다. 검과 마법, 드래곤이 등장하는 전형적인 하이판타지 게임인

---

* 롤플레잉 게임Role-Playing Game. 2~5인가량이 모여서 일정한 규칙에 따라 이야기를 만드는 게임. 각자 이야기 속 인물과 역할을 나눠서 수행한다. 1970년 발매된 「던전스 앤 드래곤스」가 최초의 롤플레잉 게임이다.

데, 용제국에서 펼쳐지는 크고, 위대하고, 영웅적인 모험을 다룬다. 앞으로 펼쳐질 모험을 위해서 이야기를 만드는 데 알아둬야 할 규칙들을 담은 룰북을 읽느라 며칠간 피곤했다. 놀이를 위한 공부조차도 어쩔 수 없이 피곤한 인생이다.

피곤함을 견디면서 꾸역꾸역 책을 읽고, 격주마다 모임에 나가고, 거의 대여섯 시간 이상 진행되는, 그리고 그 자리를 벗어나면 그저 잠깐 발생했던 꿈같은 이야기에 지나지 않게 되어버리는…… 그 이야기 놀이를 꽤 오랜 시간 계속해나가고 있다. 왜? 나도 모르겠다. 재미있어서? 글쎄다. 재미는 있지만, 재미만을 위해서 이렇게 정기적으로 할 일인가? 다른 재미있는 것도 엄청 많은데? 그러니까 모르겠다.

그래도 현재 모임을 갖는 팀은 2년 이상의 시간을 함께했다. 언제고 이대로 계속되리라고 생각하진 않지만, 그래도 나에게는 어느 정도 RPG를 하는 사람들이 꿈처럼 여기는 '멀쩡한 사람들이 있는, 오래 지속하는 팀'이 있는 것이다. 멀쩡한 사람들이라니, RPG계에서 멀쩡하지 않은 사람들이란 누구를 말하는 것일까? 성격 이상한 사람. 성격 이상해서 모인 사람들을 배려하지 않고 자기 마음대로 말하고, 행동하고, 그래서 모두에게 좋지 못한 기억을 남기는 사람. 꽤 많다. 나의 RPG 인생에도 그런 사람이 전혀 없지는 않다.

처음 RPG를 알게 되었을 때가 기억난다. 사촌 형이 『게임매거진』이라는 게임 잡지를 주었는데, 거기에 유명 RPG 팀의 리플레이(실제 플레이한 것을 문서로 재구성해 남기는 것)가 연재되고 있었다. 아마 그들은 오래전 한국에서 가장 유명한 RPG 팀이었을 것이다. 어쨌든 나도 그들의 모험기를 보고, 그런 게임이 있다는 것에 흥분했다. 사람들이 모여서 함께 이야기를 만들다니, 우리가 만드는 대로 되는 세상이라니!

지방 소도시의 서점에서는 쉽게 구할 수 없었던 「어드밴스드 던전스 앤 드래곤스」「소드월드 RPG」「크리스타니아 RPG」 등의 RPG 룰북을 최대한 구해 열심히 읽었다. 실제로 다른 사람들이랑 하게 되면 어떻게 하게 될지 열심히 상상했다. 할 사람을 찾았지만 내 주변에서 그게 뭔지 아는 사람, 하자고 하면 할 법한 사람은 한 명도 없었다. 아니, 일단 친구가 거의 없었구나. 슬픈 이야기다. 그래서 PC 통신에서 할 사람을 찾았다. 어떻게든 네 명 정도 모을 수 있었다. 온라인 채팅방에서 첫 모임을 가졌다. 그리고 두 번째 모임 때 두 명이 안 나왔다. 세 번째 모임은 없었다. 어쩌면 이쪽이 조금 더 슬픈 이야기인지도 모르겠다.

물론 아주 슬픈 기억만 있지는 않지만, 그래도 대부분 그저 그랬던 기억만 남아 있다. 아무래도 온라인으로 하는 RPG 플레이란 내게 좀 그랬다. 사람들이 뭔가

'양판소'나 '라노베'에 나올 법한 문장을 자꾸 채팅창에 치고 있으니까……. 나는 10대부터 이미 '순문학' 나부랭이를 주로 읽었던 아주 글러버린 놈이었기에, 채팅창에 올라오는 그 문장, 오·탈자 등 그 모든 것을 견딜 수 없었다. 언젠가 이렇게 생각했다. 이제 나는 오프라인으로 하지 않으면 안 할 거다. 그래서 RPG를 안 하게, 아니 못 하게 되었다.

그런데, 다시 어떻게 RPG를 하게 된 거지? 내가 하자고 한 것 같지는 않고, 친구 중 누가 하자고 했던 거 같다. 다른 인원들도 그가 모았다. 「던전월드」라는 책을 사서 읽고 모였다. RPG를 안 한 지 너무 오래되어 약간 긴장했던 것 같다. 어쨌든 나 빼고는 다들 RPG를 처음 했을 텐데, 대체로 즐거웠다. 아니, 그 옛날에 온라인으로 했었던 그 모든 플레이보다는 훨씬 즐거웠다.

그래서 다시 RPG를 하게 되었다. 사람과 만나고 헤어지고 다시 만나는 흐름 속에서 많은 일이 있었지만, 대체로 좋은 시간이었다. 탁자 위에서 우리가 나눴던 이야기들은 거의 다 가물가물 잊혔지만, 우리가 그렇게 잊어버린 시간이 좋은 시간이었다는, 그런 감정은 잊히지 않는다.

그러니까 RPG는 내게 소중한 것이 되어버렸다고 보는 게 맞을 것 같다. 재미도 재미지만 그것만으로는 소중하다는 감정까지는 느낄 수 없다. RPG가 내게 소중한 까닭은 쓸데없는 이야기를 위한 그 많은 시간 동안 함께 있어주는 사람들이 있기 때문이다. 모두가 재미있기 위하여 모두가 노력하는 것, 그 노력이 그 어떤 놀이보다 필요한 것이 RPG이기에 함께하는 사람들이 고맙고 소중하다. 그런 무용한 것을 위한 노력으로 만들어진 허황한 한순간은 현실을 사는 내게 조금이나마 살아갈 힘을 주는 것 같다. 이 신성한 취미를 오래 지켜내고 싶다.

인생 처음이자 마지막 믹스테이프

유년 시절부터 잘 때는 꼭 음악을 들었다. 우연히 생긴 습관 때문인 것 같다. 여느 부모들처럼 내 부모도 일찍이 영어 교육을 시키려 했다. 비싼 돈 들여 몬테소리 영어 동요 카세트테이프를 사주었다. 아버지에게 혼나지 않기 위해 아홉 시에 강제로 취침에 들어야 했고, 아무리 어린 나이더라도 그 시간에 칼같이 잠에 빠져들기는 쉽지 않았다. 그래서 먼저 잠든 동생 옆에서 영어 동요 테이프를 앞뒤 면 다 듣고서 자곤 했다.

당연히 그런 걸로 영어가 늘진 않았고, 잘 때 뭔가를 듣는 습관만이 남았다. 집 안에 굴러다니던 베토벤이나 스콧 매켄지 테이프를 듣기도 했지만, 그보다 많은 시간은 만화영화 「날아라 슈퍼보드」의 주제곡이 담긴 테이프를 들었다.

만화영화를 또래 중에서도 가장 좋아한다고 자신할 수 있었던 나는, 초등학교 고학년이 되던 어느 날 한 가지 기획을 떠올린다. 나만의 만화영화 주제가 테이프를 만들기로 한 것이다. 왜냐하면 내가 좋아하는 만화영화 주제가들을 들으려면 만화영화를 하는 날까지 기다려야 하기 때문이다. 또 만화영화가 끝나면 더는 만화영화 주제가를 들을 수 없다는 게 너무 아쉽기도 했다.

위의 두 가지 문제를 극복하기 위해 나는 집에 있던 아남전축으로 녹음하는 법을 익히고 프로젝트를 실행했다. 정말이지 대기획이었다. 내가 좋아하는 만화영화 주제곡을 전부 녹음하기 위해 날마다 채널을 돌려가며 주제가가 나오기까지 기다렸고, 광고가 끝나는 시간에 맞춰 녹음 버튼을 눌렀다. 카세트테이프의 앞뒤 면을 다 채우기 위해서 새로운 만화영화가 방영될 때까지 몇 달가량 기다려야 했고, 이미 종영된 만화영화의 주제가를 녹음하기 위해서는 재방영되기를 기약 없이 기다리기도 해야 했다.

대충 만든 주제가를 녹음할 수는 없는 일이었고, 나름대로 최고의 주제곡만 담은 테이프를 만들자니 테이프를 채우는 데 몇 년이나 걸렸다. 당시 텔레비전으로 방영되는 만화영화의 상당수는 그보다 앞서 몇 년 전에 비디오 대여점에서 빌려본 것들이 많았는데, 비디오판과 비교해서 주제가의 수준이 떨어진다고 생각되면 비디오를 빌려와서 녹음을 하기도 했다.

그렇게 조금씩 보강되는 테이프를 들으면서 만족스

럽게 잠을 청하던 시절이 있었다. 내 인생 처음이자 마지막으로 만든 테이프였다. 지금 돌이켜보니 나는 어릴 때부터 쓸데없는 짓을 제법 많이 하고 살아온 것 같다.

내가 즐겨 들었던 만화영화 주제가들은 거의 다 유튜브에 업로드되어 있다. 정말이지 유튜브 만능 시대라서 큰일인 것도 같지만, 종종 추억의 음악들을 감사한 마음으로 편하게 찾아 듣는다. 특히 좋아했던 주제가를 꼽아보자면 「푸른 천사 로미오(원제: 로미오의 푸른 하늘)」, 「마법소녀 리나(슬레이어즈) TRY」, 「우리는 챔피언(폭주형제 렛츠&고!!)」 등등이다.

SBS에서 방영 당시 엄청난 인기를 끌었던 「슬램덩크」 같은 경우는 가수 박상민이 부른 오리지널보다 일본판 주제가를 번안해서 부른 비디오판을 더 좋아한다. 「슬램덩크」 특유의 풋풋하면서도 뜨거운 서정성이 훨씬 잘 녹아 있다(다만 엔딩곡은 아무래도 SBS판이 더 좋다). 「슬램덩크」의 비디오판 주제가는 중간에 한 번 가수가 교체되는데, 두 번째 가수부터 살피자면 박용진이라는 가수로, 소년처럼 청량감 있는 음색이 매력적이다.

교체되기 전 첫 번째 가수는 왕룽으로 추측되어왔다. 왕룽은 1990년대 한국 청소년용 비디오 역사에서 빼놓을 수 없는 사람이다. 무술 배우이자 감독으로 활약한 사람인데, 주로 만화 원작을 실사로 만든 기괴한 영상물로 이름 높다. 오래전부터 오늘날까지 종종 밈으로 떠도는「북두의 권」실사판을 감독한 장본인이다.

언젠가부터 인터넷상에서 추억을 헤집는 이들 사이에 왕룽이 무술 배우, 감독으로만 활동한 게 아니라 주제가를 직접 부르기도 했다는 설이 떠돌았다. 정확한 근거는 없는데 다들 그렇게 믿었다. 그가「북두의 권」을 직접 감독하고 주제가까지 불렀다는 이야기가 퍼졌고,「성투사 성시(세인트 세이야)」의 주제곡을 부른 가수의 목소리도 그와 똑같아서「성투사 성시」의 노래도 왕룽이 불렀다고 알려졌다(그전에는 조용필이 불렀다는 헛소문도 퍼져 있었다).「슬램덩크」역시 왕룽으로 추정된 가수가 불렀음이 조금 더 늦게 밝혀졌다. 그의 목소리는 지금 듣기에는 굉장히 촌스럽지만, 카랑카랑하면서도 시원하게 내지르는 맛이 있어 팬들이 꽤 많다. 박상민의 보컬에서 담뱃재 맛이 나는 것 같다고 비유해보자면(박상민 님, 죄송합니다), 왕룽으로 추정된 가수의 목소리에서는 소주 냄새가 나는 것만 같다.

그런데 2년 전쯤 유튜브에 있는「슬램덩크」왕룽 버전 주제가 영상 댓글에 자신이 왕룽의 아들이라고 주장하는 이가 나타나서 그 노래들은 자신의 아버지가 부른 게 아니라고 말했다. 회사 사람 중 한 분이 불렀다고. 그가 왕룽의 아들이라는 사실이 구체적으로 입증된 것은 아니지만, 정황상 사실로 보인다. 그런 쓸데없는 거짓말을 왜 하겠나.

옛날에는 특히 만화영화 주제가를 부른 가수들의 이름이 크레디트에 올라가 있지 않은 경우가 많았다. 주로 무명가수들 또는 성우가 적당히 불렀거나, 관계자가 부르는 일이 많아서였을까? 기록을 중요하게 생각하지 않았던 옛날이라 그랬을 것이다. 그리하여 그간 왕룡으로 추정되었던 이는 지금으로선 누구인지 알 수 없는, 완전한 신비 인물로 남게 되고 말았다. 그 특유의 목소리에 매료된 사람들에게는 제법 안타까운 일이다. 최근 생각지도 않게 극장판 「슬램덩크」가 개봉되어 한동안 뜨거운 분위기였다. 그 바람에 박상민이 부른 주제가도 다시 들려왔고, 크레디트에 이름이 남아 있지 않아 추측으로만 파악되던 박용진 가수도 자신이 주제가를 불렀음을 알려왔다. 오래전 자주 흥얼거렸던 그 노래들을 다시금 듣노라니, 고대인들의 노래로 전쟁을 끝내는 「마크로스」가 생각났다. 참, 문화는 힘이 세다.

일진과 오타쿠는 닮았다

같은 반 학생들이 트럭에 치여 밑도 끝도 없이 다른 세계로 날아가는 만화를 보다 보니 그런 생각이 들었다. 어쩌면 일진이랑 오타쿠는 서로 비슷한 종족이 아닐까?

고등학생 시절, 학급에서 오타쿠로 분류되느냐 아니냐는 꽤나 단순했다. 남들이 안 보는 만화나 소설*을 보고 있으면 오타쿠, 이상한 애로 취급되었다. 소위 일진, 또는 그저 잘나가는 급우들은 그런 친구들 중 몇몇 애들을 골라 자주 놀리곤 했다.

아직 빵 셔틀이라는 단어는 생기기 전이었고, 왕따가 새로운 사회문제로 거론되며 뉴스에서 다뤄지던 시기였다. 지방 소도시에 있던 우리 학교에서는 아직 그

* 나의 10대는 한국에 막 라이트노벨이 새로운 장르로서 명명되고, 일본으로부터 수입되던 시기였다. 『부기팝은 웃지 않는다』 『키노의 여행』 『앨리슨』 등 여러 라이트노벨을 같은 반 독서가 친구 덕택에 빌려 볼 수 있었다. 푸시킨, 파스테르나크 등을 처음 읽은 것도 그 친구가 빌려주어서였다.

런 일이 보편적이진 않았다. 좀 잘 논다고 애들을 쉽게 때리거나 돈을 뜯거나 부려먹지도 않았고, 자기 취향이 확고한 이들도 그것을 숨기면서 다닐 일은 없었다. 그런 때였기에 나처럼 회색 지대에서 적당히 지내던 이들이 어느 쪽 눈치를 볼 일도 없었다.

잘나가는 급우들은 쉬는 시간에 만화나 보고 있으면 오타쿠 취급을 했지만, 그들이라고 만화를 안 보는 건 아니었다. 단순히 그들이 보면 오타쿠 만화가 아니게 되고, 그들이 안 보면 오타쿠 만화가 되는 셈이었다. 일단 그들의 '인준'이 떨어지기만 하면 그 만화책은 반 전체를 돌아다녔다.

그 당시 그러한 인준을 받은 만화는 대개 이런 것들이었다. 『상남 2인조』 『GTO(반항하지마)』 『베르세르크』 『아이즈』 『원피스』……. 저마다 장르가 다름에도 대략적으로 느끼겠지만, 징그럽게도 '남자다운' 정기가 어려 있는 작품들이다.

『GTO』의 인기는 특히 대단했다. 그 만화에 대한 열광은 만화책을 넘어서 애니메이션으로 이어졌다. 쉬는 시간마다 학생들은 교실에 비치된 컴퓨터 한 대로 애니메이션을 볼 수 있는 불법 사이트에 접속해서, 컴퓨터와 연결된 대형 텔레비전으로 함께 보았다. 스마트폰은커녕 PMP도 없었던 시절의 이야기다.

그 만화가 특히나 일진 같은 친구들에게 인기 있었던

까닭은 무엇일까? 수업은 따분하게 하고, 뒤에서는 촌지나 받던 선생들에 대한 불신 때문이었을까? 아니면 비록 지금은 일진이지만, 학교를 졸업하고 열심히 살면 교육자도 될 수 있다는, 오히려 일진 출신이기에 자신과 같은 아이들이 바른길을 갈 수 있도록 도울 수 있다는 환상에 자기를 이입했기 때문이었을까?

많은 남성은 특히나 작품을 보는 데 주인공에게 자신을 이입하는 방식의 망상에 길든 편이라고 본다. 여성들이 주인공에게 자신을 이입하지 않는다는 말은 아니지만, 여전히 많은 작품은 남성이 주인공이고 여성 소비자는 이러한 작품도 적잖이 즐기는 데 비해 남성 소비자는 여성이 주인공인 작품을 소비하는 일이 드물다는 점에서 그렇지 않을까, 하고 생각하는 것이다. 이렇게 남성들이 주인공에 이입해서 보는 작품들이란 단순하게 보면 하나로 통한다. 힘센 놈이 세상을 차지하는 이야기, 영웅물이다.

일진도 힘센 놈 이야기를 좋아하지만, 오타쿠도 힘센 놈 이야기를 좋아한다. 하잘것없는 소년이 시련을 거쳐 성장하고, 세계에 맞설 힘을 얻는다는 식의 소년 만화 왕도물은 실생활에서 힘을 갖지 못한 채 살아가고 있는 오타쿠들의 현실이 반영되어 정립된 장르일지도 모르겠다는 생각도 잠깐 든다.

일본의 경파물(학원폭력물)에 관한 생각을 좀 하다

가, 우연히 80, 90년대 일본의 일진, 폭주족들의 모습을 담은 사진을 보니 역시 일진과 오타쿠는 닮은 데가 있다는 생각을 더 하게 됐다. 그들이 사진 속에서 풍기는 청춘의 혈기를 자세히 보면 오타쿠들이 지닌 사춘기 감수성이랑 별로 그렇게 다르지 않은 것 같아서다. 다만 한쪽은 현실에서 실제로 작은 세상이라도 자기 것처럼 느낄 만큼의 힘이 있었고, 어느 한쪽은 그러지 못했기에 그러한 욕망을 종이와 모니터 위에서나 찾아야 했다는 점이 달랐을 뿐.

그러면서도 양쪽 모두 서로가 가지지 못한 부분은 늘 원하고 있는 것처럼 보인다는 점에서도 둘은 비슷하다. 폭주족이 특공복에 시구를 자수로 놓았다는 이야기*나, 점점 '인준'하는 것들이 늘어나 아예 오타쿠가 가져오는 모든 것을 보게 되어버린 일진, 그리고 속으로 일진을 멸시하는 동시에 은근히 그들의 힘과 우정을 갈구하던 오타쿠의 복잡한 마음…….

그런 점에서 '인싸들이 오타쿠의 것마저 빼앗아간다'라고 말하는 작금의 상황은 어쩌면 당연한 것처럼 보이기도 한다. 옛날부터 갖고 싶었으나 오타쿠 소리 들을까 봐 못 가졌던 것들이었을 테니까. 그러나 오타쿠 여

---

* 츠즈키 쿄이치의 『권외편집자』 중. 그가 『잘 부탁해 현대시』라는 책을 만들며 "폭주족 단체복에 자수로 놓은 시구나, 사형수가 지은 하이쿠" 등을 엮었다고.

러분, 분노하지만 말고 이럴 때일수록 공유 정신을 발휘할 때입니다. 여러분이 더 이상 오타쿠로 '분류되지 않는' 그날이 도리어 여러분 입장에서는 행복한 세상인 것 아닐까요?

책 읽는 오타쿠들

얼마 전 모 선배랑 밥 먹다가 유명 웹소설의 단행본 판매량을 들었다. 요즘 출판 시장 분위기를 감안하자면 어마어마한 판매량이었다. 구매자들 대부분이 이미 웹소설 플랫폼에서 읽은 사람들일 텐데, 단행본이 나와도 또 사는구나 싶어 이미 어떤 사람들에게는 소장용 굿즈가 되어버린 지 오래인 종이책에 관해 잠시 생각했다.

문학 출판 시장에 종사하는 사람으로서 웹소설 시장의 독자 수가 부러운가? 아주 조금은? 그런데 뭘 어쩌겠나. 이제 '순수문학'은 게토화된 지 오래인데. 여기서 독자가 크게 늘어나기를 기대하는 것도 헛된 바람이겠고, 그저 이 장르가 줄 수 있는 재미와 가치에 공감하는 이들이 적게나마 유지되도록 각고의 노력을 해야 한다는 뻔한 소리 외에는 할 말이 없다.

다만 한 가지 분명한 것은 꽤 오래전부터 웹소설이든 장르문학이든 뭔가를 읽는 이들이 순수문학 또한 읽었다는 거다. 한때 이 점을 간과했던 고리타분한 어르신들이 장르문학을 무시하는 발언을 한 일도 실제로 있고(최근엔 거의 없는 듯), 장르문학 하는 분들은 또 무시당하던 것에 대한 한이 있으니까 과거의 순수문학 망령들을 향한 멸시를 늘어놓은 일도 있었지만…… 다들 아시다시피 요즘 세상은 장르가 어찌 됐든 뭐라도 읽는 소수의 사람과 1년에 책 네다섯 권도 읽을까 말까 한 다수의 사람으로 구성되어 있다. 그러니까 앞으로는 서로 싸우지들 마시고 독자를 늘리는 고민을 해야겠다. 그런 점에서 어떻게든 읽는 사람 자체를 늘리는 데 주력하는 웹소설 콘텐츠 창작자들은 최전선에 서 있는 사람들이니 그들을 질투하거나 미워할 것도 없다. 오히려 동맹군이면 동맹군이었지, 최소한 그들이 순수문학의 적은 결코 아닐 것이다.

지금은 웹소설이 주로 읽는 사람들을 붙드는 역할을 하고 있지만, 라이트노벨 또한 오랫동안 그런 역할을 해왔다. '이제 책을 읽는 10대는 오타쿠뿐'이라는 말을 반농담처럼 하던 것도 벌써 오래전 일이다. 게다가 내 경험상으로도 완전히 농담인 일은 아니었다.

책 읽는 오타쿠에 관해 생각하면 고교 시절 친구였던 S가 가장 먼저 떠오른다. 그는 어쨌든 뭔가를 열심히 읽는 친구였다. 나는 그를 통해서 평소라면 읽지 않았을 책들을 적잖이 접했다. 당시는 라이트노벨이 한국에 갓 소개되고 전파되던 때였고, 『부기팝은 웃지 않는다』를 비롯한 여러 라이트노벨 작품들이 꽤 출간되었다. 나는 S를 통해서 꽤 많은 라이트노벨을 빌려 읽었다. 라이트노벨은 초기에는 그래도 좀 작품마다 다양한 장르와 소재를 다룬다는 느낌이 있었는데, 어느 순간부터 표지에 가슴 큰 여성 캐릭터를 강조하는 작품들이 주로 보이기 시작했다. 내가 더는 라이트노벨을 읽지 않게 된 시점도 대략 그 무렵이다.

S는 라이트노벨 외에 여러 외국 문학 작품도 읽었다. 그 당시 나는 한국 근현대소설이라면 또래 중에서는 나름대로 많이 읽은 축에 속했지만 외국 작가들에 대해서는 잘 몰랐다. 그가 아니었다면 내가 파스테르나크를 읽은 건 한참 뒤의 일이 되었을지도 모른다. 그를 통해서 러시아 작품을 처음 접했고, 이후 이를 바탕으로 더 많은 러시아 작가의 작품을 읽어볼 수 있었다.

'동인녀'로 유명했던 N을 통해서 읽은 외국 작가도 꽤 있다. BL 소설을 쓰던 그의 입을 통해 카프카와 보르헤스를 듣지 못했다면 대학에 들어와서야 내가 그들을 알지도 못했다는 사실에 괜스레 부끄러워했을지도 모른다. N 덕분에 나는 카프카와 보르헤스, 그리고 랭보를 10대에 읽을 수 있었다. 그가 아니었다면 로버트 홀드스톡은 지금도 이름조차 몰랐을 것 같다.

N의 친구 J 또한 다독가였다. J는 발간된 지 얼마 안

된 무라카미 하루키의 『해변의 카프카』를 읽고 그의 전작들에 비해 실망했다고 평했다. 내가 읽은 하루키 작품은 『해변의 카프카』뿐이었기에 그에 관해 의견을 낼 수가 없었다. 나는 그저 유명한 작품을 읽는 데서 오는 감상에 그치지 않고 어떤 작가에 관한 의견을 가질 필요도 있음을 그때 처음 느꼈다. 내가 이끌렸던 손창섭 작가의 전작을 읽었던 것도 그 이후였다.

지금이야 누굴 읽고 안 읽고가 나에게 그리 중요한 문제는 아니지만, 그때는 내가 무엇을 읽는지가 제법 중요한 시기였다. 그때 내 읽기에 도움이 되었던 그 친구들, 그들 모두 오타쿠였다. 지금 생각하니 어째서 내가 아는 오타쿠들은 외국 작가들에게만 그렇게 열광했는가 싶기도 하지만, 내가 잘 모르는 그들만의 이유가 있을 것이다. 어쨌든 여러 장르에서 읽기 행위 자체를 놓고 있지 않은 많은 독서인에게 한마디 전하고 싶다. 부디 계속 그래 달라고.

버추얼 껍데기의 경계에서

키즈나 아이Kizuna Ai의 마지막 콘서트 「HELLO WORLD 2022」를 라이브로 시청했다. 키즈나 아이는 이 공연을 끝으로 유튜브 활동을 잠정 중단한다고 밝힌 바였다. 11만 명의 시청자들이 그의 마지막 공연에 함께했다. 마지막 노래를 부르며 빛나는 날개를 달고 저편으로 날아가는 그의 모습은…… 시각적으로 화려하고 아름다우면서도 뭔가 슬프고 우스꽝스러웠다. 키즈나 아이, 유튜브 시작 5년 만에 활동 무기한 중단. 버추얼 유튜버 역사의 한 페이지가 넘어가는 순간이었다.

키즈나 아이를 모르는 분들을 위해 간단하게나마 소개해야겠다. 키즈나 아이는 약 300만 명이 구독하고 있는 버추얼 유튜버이자, 버추얼 유튜버라는 개념을 최초로 제시하고 퍼뜨린 인물이다. 일본 애니메이션에 등장할 것처럼 생긴 3D 캐릭터가 자신을 인공지능AI이라 소개하며(물론 실제 인공지능은 아니다) 다른 유튜버들처럼 토크, 게임 실황, 춤, 노래 등의 동영상 콘텐츠를 선보이는 방법으로 시청자들과 소통한다.

버추얼 유튜버라는 개념이 조금 더 생소할 때 그는 대중들에게 하츠네 미쿠로 대표되는 보컬로이드와 비슷한 존재처럼 보이기도 했다. 어쨌든 3D 캐릭터가 진짜 인간인 양 움직이고 노래한다는 점에서는 비슷하다면 비슷한 것일 수도 있겠다. 물론 여러 면에서 다르다. 보컬로이드는 캐릭터의 뒤에 실제가 없다면, 버추얼 유튜버는 뒤에 실제 인간 연기자가 있다. 보컬로이드의 목소리는 음성 합성 엔진에 의해 만들어지는 것이지만, 버추얼 유튜버는 성우가 직접 말하고 노래하며 표정 짓고 움직이는 모습을 실시간으로 모션 캡처해 캐릭터로 나타낸다. 굳이 비유하자면 인형 탈을 쓴 연기자에 가깝다고 볼 수 있겠다.

또한 중요한 다른 점이라면 그러한 근본적 특성의 차이로 인해 둘에 관련된 콘텐츠가 제작되고 퍼져 나가는 방식이다. 하츠네 미쿠는 애초에 보컬로이드라는 음성 합성 소프트웨어 상품이자 그 상품의 캐릭터 이미지이다. 수많은 제작자가 이 소프트웨어를 구입해 자신의 음악 작품을 만들고 커뮤니티를 중심으로 퍼뜨린다. 이렇듯 하츠네 미쿠는 커뮤니티의 다양한 2차 창작을 통해 캐릭터에 대한 면모가 꾸준히 증강되며 복합체가 되는 것이 특징이다. 이는 하츠네 미쿠가 사람이 아닌 캐릭터화된 소프트웨어이기에 가능한 일이다.

그러나 키즈나 아이는 미쿠와 같은 버추얼 아이돌이면서도 근본적으로는 실제 목소리를 지닌 한 인간으로부터 창작물이 나오는 것이기에 커뮤니티의 자체적인 기여에 의해 캐릭터가 복합적으로 증강되지는 않는다. 그러한 점이 아쉽다면 아쉽지만, 한편 팬들 입장에서는 (캐릭터와 성우의 싱크를 통해) 확실하게 가상이 아닌 실제에 가깝다는 감각을 느낄 수 있고, 그래서 더 진짜 인간 아이돌을 사랑하듯이 대할 수 있게 되는 것 아닐까 싶다.

키즈나 아이의 콘서트를 본 것은 이번이 두 번째다. 처음 본 그의 공연은 「HELLO WORLD 2021」이었다. 코로나19로 인해 콘서트에서 현장이라는 개념이 분리되어 고려되어야 하는 이 시국에, 버추얼 유튜버가 온라인으로 진행하는 라이브 콘서트라는 게 꽤 흥미롭게 보였기 때문이다. 역시 재미있는 구석이 있었다. 가상 무대에 3D 캐릭터인 키즈나 아이와 진짜 인간 DJ가 함께 올라 공연을 꾸몄고, 관객들이 보내는 후원 메시지가 가상 무대에 설치된 전광판으로 흘렀다. 역시 보컬로이드의 콘서트와는 결이 달랐다. 하츠네 미쿠 쪽이 완전한 가상으로 형성된 무대처럼 느껴졌다면, 키즈나 아이 쪽은 버추얼이지만 완전히 버추얼은 아닌 것 같은 …… 가상 스킨을 씌운 실제 무대처럼 느껴졌다. 이걸 뭐라 해야 하지? 반¥ 가상 콘서트라고 해야 하나.

300만 유튜버라 할지라도 그 분야의 첨단에 서 있는 일은 역시 많은 자원이 들어가는 모양이다. 정보를 대강 살펴보니 들어가는 돈에 비해 수익이 부족한 듯했고, 실제로 유튜브 동영상의 조회 수 또한 구독자 수를 감안하자면 그다지 높은 편은 아니었다. 이는 키즈나 아이뿐만 아니라 특정한 캐릭터를 구심점으로 삼아 콘텐츠를 제작하는 유튜브 채널에서 공통적으로 보이는 현상이다. 캐릭터가 입소문을 탈 때는 구독자 수가 늘지만, 전문적인 지식이나 핵심 콘텐츠를 가지고 제작되는 영상이 아닌 캐릭터의 힘만으로 제작되는 영상들은 대개 그 캐릭터에 대한 관심이 시들해지면 점차 조회 수 내리막길을 걷는 듯하다. 아마도 핫이슈 중심으로 추천이 진행되는 알고리즘 때문이겠지.

돈 문제뿐만은 아니겠지만 이러저러한 요인들(가령 성우의 활동 문제?)이 겹쳐 유튜브 활동 무기한 중지를 선택했을 것 같다. 마지막 콘서트임에도 뜬금없이 중대 발표가 둘 있었는데, 하나는 키즈나 아이가 주인공인 애니메이션 제작에 들어간다는 소식이었다. 매번 제작팀에서 라이브로 영상 콘텐츠를 제작하는 것보다는 자원도 덜 들고, 더 많은 투자자를 구할 가능성도 열려 있기 때문일까? 나머지 하나는 좀 기묘한 소식이었는데, 키즈나 아이의 목소리를 샘플링한 보컬로이드 키즈나#KZN짱이 만들어진다는 내용이었다. 껍데기 뒤에 본체가 있는, 버추얼 유튜버라는 기묘한 개념을 제시하고 퍼뜨린 캐릭터가 활동 중단을 선언하며 다시 본체가 없기에 무한 확장 가능한 껍데기를 내놓는다는 게……. 아아, 이것이 버추얼 리얼리티라는 것인가.

쓰레기 같은 이야기를 만드는 재미

이번 주 RPG 모임에서는 꽤 오랜만에 「피아스코」를 했다. 「피아스코」는 어떤 이야기 게임인가? 「피아스코」 한국어판을 펴낸 도서출판 초여명은 이렇게 소개하고 있다.

"피아스코는 분노의 저격자, 파고, 심플 플랜 같은 영화를 본받아, 탐욕과 두려움과 욕정의 교차점에 바보 같고 엉망진창인 상황들을 만드는 RPG입니다. 코엔 형제 영화를 한 편 볼 정도의 시간에 새로 하나 만들어버리세요!"

「피아스코」의 규칙을 간단히 살펴보자면 즉흥적인 측면이 있는 RPG다. 「피아스코」를 하고 싶은 3~5명이 모여 무엇을 소재로 이야기를 할지 정한다. '플레이세트'라고 불리는 표에는 그 이야기에 사용될 여러 소재가 잔뜩 적혀 있다. 인물 간의 관계, 사건이 일어나는 장소, 이야기에 영향을 미치는 욕망, 물건 등. 가령 '봄

타운'이라는 이름의 플레이세트에는 서부극을 만드는 데 도움을 주는 소재들이 가득하다. 규칙에 따라 플레이세트에서 소재 몇 가지를 고르고, 참가자 각각이 주요 인물 한 명씩을 도맡는다. 준비가 다 되면 레디, 액션. 한 명씩 돌아가면서 영화 같은 한 장면을 만들고, 서로 즉흥적으로 연기를 펼치며 이야기를 만들어나간다. 끝에는 주요 인물들이 결국 어떻게 (파멸하게) 되었는가를 보며 이야기를 마친다.

RPG를 잘 모르는 이들에게도 추천할 만한, 배우기 간단하고 쉬운 RPG다.「피아스코」책 한 권, 연필과 메모지 여러 장, 그리고 두 가지 색깔의 주사위 여러 개만 있으면 3~5명이 모여 두세 시간 즐겁게 놀 수 있다. 주사위가 없다면 그냥 스마트폰에서 주사위 애플리케이션을 받아서 사용해도 문제없다.

「피아스코」의 매력 중 하나라면 다양한 플레이세트를 통해 매번 다른 이야기를 손쉽게 만들 수 있다는 것이다. 플레이세트는「피아스코」책에도 몇 가지 소개되어 있지만, 원한다면 누구든지 직접 플레이세트를 만들 수도 있다. 인터넷상에서 여러 사람이 만든 수많은 플레이세트를 쉽게 구할 수 있다. 나도 예전에 '전원일기'라는 이름의 플레이세트를 만들어 공개한 적이 있다. 한국 농촌을 무대로 펼쳐지는 치정, 살인, 폭력 등을 그리기에 적합한 소재를 담았다.

이번에 우리가 선택한 플레이세트는 '비행기가 지나치는 벌판'. 미국 중부의 시골 농장이 주 무대인 플레이세트다. L은 교회에서 일하지만 뒤에서는 마약을 대량으로 공급하는 타락한 목사 맬컴 맥도웰을 맡았다. W는 깡촌에서 벗어나 뉴올리언스로 떠나고 싶어 하는 로라 스미스로 분했다. 나는 로라와 결혼해 소작농으로 살지만, 언젠가부터 맥도웰에게서 마약을 공급받아 소매로 거래하는 조지 스미스를 연기했다. 맬컴과 로라는 소꿉친구 사이였고, 맬컴은 로라와 자고 싶어 한다. 로라는 조지가 자신을 깡촌에서 벗어나게 해주리라 믿고 결혼했으나 현실은 시궁창이라 불만이다. 조지는 로라의 꿈을 이뤄주고 싶어 마약 거래에까지 손을 대지만, 한편 로라가 불륜을 저지르고 다니는 게 아닌가 의심한다.

자, 어떤 이야기가 펼쳐졌을까? 내용은 상상에 맡긴다. 분명한 것은 완벽하게 쓰레기 같은 이야기였다는 점이다. 이쯤에서 「피아스코」에 관한 소개를 다시 살펴볼 수 있겠다. 코엔 형제 영화를 한 편 볼 정도의 시간에 이야기를 새로 만들다니? 영화 한 편 보는 것보다 조금 더 긴 시간이 필요한데, 그 시간을 들여서 만들어지는 이야기는 쓰레기다. 좋은 이야기를 감상하고 싶다면 「피아스코」를 할 시간에 차라리 그보다 짧고 완성도 있는 코엔 형제의 영화를 보는 게 더 낫지 않을까.

그렇기에 「피아스코」는 좋은 이야기를 만들기 위한

RPG가 아니라고 나는 말하고 싶다. 오히려 나쁜 이야기, 쓰레기 같은 이야기를 만드는 데에 「피아스코」의 진수가 있다. 각자가 맡은 인물들의 욕망과 입장을 한계까지 밀어붙이고, 그 인물들이 완전히 망가지는 꼴을 지켜보는 것 말이다. 이야기가 쓰레기처럼 흘러갈 지경까지 인물들을 망가뜨리는 것은 「피아스코」 같은 게임을 통해서만 '허가된다'. 시장에 유통되는 이야기 작품들은 그 장르의 보편적인 미학을 위해서, 또는 소비자의 만족을 위해서 이야기가 망가질 정도로 인물들이 진창에 놓이게 두지는 않는다(가끔 그런 작품들이 없지는 않지만, 대개 그런 작품들은 소비자의 분노를 산다). 그러나 「피아스코」는 이야기가 망가져도 즐겁다. 참가자들이 이야기 속 주요 인물들이 망가지기를 너무나도 원하기에 이야기가 박살 나기 때문이다.

이번 플레이 역시 쓰레기 같은 이야기를 만들어내는 데는 성공했지만, 개인적으로 약간의 후유증을 겪지 않을 수 없었다. 나는 조지 스미스를 아주 쓰레기 같은 인물로 묘사하는 데 성공했으며, 내가 연기한 인물을 반드시 죽여버리고 싶었다. 하지만 늘 내 마음대로 되는 건 아니다. 주요 인물이 각각 어떤 결말을 맞았는지 알기 위해 주사위를 굴리고 결과표를 살폈다. 아, 조지 스미스가 맞은 최후는 그냥 옥살이를 하고 사회적인 수모만 겪는 정도였다. 로라는 기형아를 낳다가 죽는 비참

을 겪었는데! 정말이지 가혹한 주사위의 장난이 아닐
수 없었다.

우리만 기억하는 언어

주말 RPG 모임에서 간만에 「다이얼렉트」를 플레이했다. "다이얼렉트"는 "방언"이라는 뜻이고, 이 이야기 게임은 언어에 관한 게임이다. 「다이얼렉트」를 하려고 모인 사람들은 가상의 고립된 공동체(고립계)를 상상하고 함께 만든다. 그리고 그 고립계의 등장인물을 창조해 연기한다. 게임은 주어진 재료를 활용해 장면을 만들며 즉흥극처럼 진행되는데, 이는 또 다른 이야기 게임인 「피아스코」의 형식과 꽤 닮아 있다. 아마도 영향을 받았을 것이다.

플레이 풍경을 조금 자세하게 그려보자면 이렇다. 우리는 외계인이 지구에 나타나고 인류를 평화적으로 이끄는 세계에서 순수 지구인 공동체를 유지하고자 하는 작은 고립계를 상상했다. 밝혀지지 않은 모종의 이유로 외계인이 만든 시설에 격리되었던 이들은, 외계인들이 음모를 가지고 자신들을 납치했다고 생각한다. 이들은 봉기하여 시설을 점거하고 '깨어 있는 인류'(이하 '깨인')라는 이름의 공동체를 조직하는 데 성공한다.

저마다 자신이 담당할 등장인물을 만들고 나니 본격적인 이야기가 진행되었다. 나는 깨인들에게 '장군님'이라고 불리는 등장인물을 연기했다. 사람들을 설득해 봉기를 주도하고 이후 고립계의 권력을 거머쥔 사람으로, 진짜 이름은 '김정은'이었다. 다른 사람들은 '교수님' '플레잉제인' '럭키버블' '혼다' 등의 이름을 가진 등장인물을 연기하며 고립계 내에서 일어날 법한 일상과 사건 들을 그려나갔다.

작년에 「다이얼렉트」를 처음 플레이하고 나서 나는 SNS에 짤막한 평을 남겨두었다. "「피아스코」식 테이블에 장난감 찰흙 같은 언어들을 두고 함께 주무르는 게임. 되는대로 막 던지는 단어들 속에서 그럴싸한 의미를 만들며 이야기를 진전시키는 맛이 꽤 산뜻하다. 언어유희를 좋아하는 이들에게 추천." 보통 이야기 게임에서 우리는 우리만의 이야기를 가진다. 그러나 「다이얼렉트」는 조금 더 특별하다. 「다이얼렉트」는 우리만의 이야기에 더해 우리만의 단어를 가진다. 게임 참가자들은 게임 규칙에 기반해 상의하며 단어들을 만들고, 이야기에 즉각적으로 반영한다. 단어들은 흘러가는 이야기 속에서 맞이하는 특정 상황, 우리가 가지고 있던 언어 습관, 연관되는 이미지, 의미 간의 유사성, 우연성,

특별한 사건 등등 여러 가지 요소 등을 반영하여 만들어진다.

그날 우리가 이야기를 진행하며 만든 단어들 중 일부는 다음과 같다. "대깨행 깨비참 섬n시 알롱이 수복숨 깨즈아 참깨 졸린이." 죄다 우스꽝스러운 단어들뿐이라 다시 봐도 헛웃음만 나올 뿐이지만, 그래도 몇몇 단어들이 어떻게 만들어졌는지 알기 위해 기억을 되짚어 본다.

대깨행: 깨어 있는 인류만이 느낄 수 있는 큰 행운이라는 뜻을 나타내는 단어다. 외계인은 대깨행을 느끼지 못한다. 이는 언제든 외계인으로부터 핍박받을 수 있을 불안정한 상황 속에서 깨인들만이 느끼는 막연한 희망의 예감이다.

섬n시: 깨인들이 사는 거주지(너른 바다 외딴 섬에 위치한 외계인 시설)에는 시계가 없다. 깨인들은 등대나 높은 곳에 올라 수평선을 본다. 그러면 수평선에 걸친 듯이 작은 섬들이 보이는데, 아침과 점심, 저녁 등 때에 따라 보이는 섬의 개수가 다르다. 그래서 깨인들은 섬 하나 시, 섬 둘 시, 섬 셋 시 등으로 시간을 표현한다. 물론 그들의 일상 또한 큼지막하게 구분된 시간 단위에 따라 흘러간다.

졸린이: 세대가 지나면서 외계인과 동화되고 싶어 하는 이들, 섬을 떠나고 싶어 하는 이들이 생겼다. 이는 '깨어 있는 인류'의 공동체 정신에 어긋나는 것이었다. 어느 순간부터 깨인들은 지구인으로서 깨어 있지 못하고 섬 바깥을 꿈꾸는 이들, 헛된 망상을 품는 자들을 졸린이라고 부르게 되었다.

몇몇 단어가 무슨 뜻인지 설명한 것만으로도 우리가 대강 어떤 이야기를 만들었을지 상상할 수 있을 것이다. 「다이얼렉트」는 점점 소멸하는 고립계의 이야기를 다룬다. 우리가 어떤 이야기와 단어를 만들든, 그 이야기의 끝은 고립계의 끝이고 언어의 소멸이다. 그것이 이 게임의 변하지 않는 규칙 중 하나다.

그래서 우리가 만든 고립계, 깨인은 어떻게 되는가. 수십 년의 세월을 거치면서 젊은이들은 외계인에 동화되려 하고, 소수의 늙은이만이 계속해서 지구인의 기술과 정신을 유지하며 살고자 한다. 공동체는 점차 분열된다. 그러던 와중에 섬에 있는 산 깊숙한 곳에서 외계인들이 미처 회수하지 못한 과거의 실험 흔적이 발견된다. 그것은 인간들의 뇌를 빼내어 서로 연결하는 실험이었다. 외계인의 숨겨진 목적은 인간들의 정신을 하나로 묶는 것이 가능한지 실험해보는 것이었고, 이미 깨인들이 살고 있는 섬을 제외한 모든 땅의 지구인들은 더 진보하고 수정된 외계 기술을 통해 단일한 의식으로 묶여 있었다.

"아, 진짜 쓰레기 영화 같아요. 이 극장에서 나가야겠어."

"최근에 모 영화제 갔는데, 거기서 삼류 영화 하나 봤거든요. 사람을 스피커로 만드는 이야기였는데."

"아, 그거보단 낫네요. 적어도 이 이야기에는 컬트적인 면모가 있어요."

"외계인들이 연결한 인간들의 뇌가 담긴 시험관에 코코넛을 던지는 장면은 카메라로 담아내면 꽤 그럴싸할 것 같지 않아요? 뇌 위로 하얀 코코넛 액체가 퍽!"

"……누벨바그 찍습니까?"

어쩌다 보니 쓰레기 같은 이야기를 만들게 되었지만 그래도 즐거웠다. 그래, 즐거웠으면 됐지. 우리가 만든 단어들은 사라진 고립계처럼 우리 기억 속에서도 점차 지워지겠지만, 그럼에도 어쩌면 몇몇 단어는 내 예상보다 더 오래 기억될는지도 모른다. 처음 「다이얼렉트」를 플레이했을 때 만든 '극친'이란 단어가 그렇다.

극친: 서로 다른 사상을 가지고 있음에도 불구하고, 사상을 넘어서 우정을 나눌 수 있는 사이.

오늘날 현실에서는 가능하기 어려운, 정말이지 꿈같

은 단어다. 그래서 오래 마음에 남아 있는 것인지도 모르겠다.

자, 글을 읽은 여러분들도 우리 고립계의 언어를 일부 알게 되었다. 따라서 이 글은 깨인들의 언어가 남긴 유산이다. 여러분의 인생에 언젠가 대깨행이 찾아오길 바란다.

행복이 의무인 세상에서

오늘날 많은 사람이 행복을 원하며 살아가지만 또한 행복하지 못한 채로 살아간다. 왜일까? 그저 여러 나쁜 이들이나 시스템의 문제일까? 이 시대에 문제로 지적되는 수많은 것들—가령 기업과 자본가들, 정치인들, 전쟁, 빈곤, 육식, 종교, 기후 위기, 인종, 인구, 성평등 등등—이 사라진다면 진정으로 행복한 세상이 될까?

세상에 존재하는 수많은 행복이 추구되는 만큼 그 행복을 가능하게 하는 불행 또한 어디선가 계속 발생할 것이 틀림없다. 내 행복이 그저 날마다 맛있는 커피 한 잔 마시는 것에 불과할지라도 이 소박한 행복은 커피 농장에서 힘들게 일하는 누군가의 불행한 노동이 있기에 가능한 것인지도 모른다. 또한 행복의 기준은 저마다 사뭇 다르다. 어떤 이에게는 화목한 가족이 있다는 사실이 행복일 수 있고, 어떤 이에게는 화목한 가족이 답답한 감옥이자 형벌일 수도 있다. 세상 모두가 행복해지려면 모두가 바라는 행복의 기준이 동일해야만 가능할 것이다.

그런 한편 약간은 꼬인 상상을 해볼 수도 있다. 오늘날 많은 사람이 행복하지 않은 까닭은 행복하지 않을 자유 또한 있기 때문이다. 어쩌면 이 세상에서 행복을 추구하며 산다는 것은 상당히 피곤한 일인지도 모른다. 어떨 때는 숨 쉬는 것만으로도 피곤한 게 삶인데, 행복을 열심히 좇지 않을 자유마저 없는 세상이라면 불행이라는 단어보다 더 불행한 단어가 필요할지도 모른다.

나는 왜 갑자기 분수에도 없는 행복 타령을 하고 있는 걸까. 행복이 의무인 세계에 관해 이야기하려는 참이기 때문이다. 행복하게 보내길 바라는 주말, 아니 어쩌면 행복 그 자체일지도 모를 소중한 주말에 우리 RPG팀은 「파라노이아」를 했다. 「파라노이아」는 '컴퓨터님'이라는 초인공지능이 인류를 다스리는 알파 콤플렉스라는 가상의 미래 도시를 무대로 삼고 있다. 컴퓨터님은 알파 콤플렉스를 아름답고, 효율적이고, 완벽하게 관리하여 인류가 행복한 삶을 누리는 것을 목적으로 존재한다. 하지만 예상대로 컴퓨터님에게는 문제가 있다. 컴퓨터님은 일종의 정신병을 앓고 있는데, 알파 콤플렉스를 파괴하기 위해 돌연변이와 반동분자 들이 늘상 음모를 꾸미거나 파괴 공작을 벌이고 있다고 생각하기 때문이다.

돌연변이와 반동분자 색출을 비롯해, 알파 콤플렉스에서 발생하는 갖가지 문제를 해결하기 위해 컴퓨터님은 '트러블슈터'라는 명예시민을 선발해 애국적인 임무를 부과한다. 게임에 참여하는 플레이어들이 트러블슈터 역할을 맡는다. 트러블슈터로서 플레이어가 해야 할 일은 크게 두 가지다. 알파 콤플렉스를 위협하는 문제를 처리하는 일, 그리고 돌연변이와 반동분자를 색출해 처단하는 일.

그러나 여기에도 약간의 문제가 있다. 플레이어들이 맡은 시민은 돌연변이인 동시에 반동분자이기 때문이다. 물론 이를 철저하게 숨기고 있기에 다른 시민들은 그 사실을 모른다. 사정이 이러하기에 이야기는 대개 엉망으로 돌아간다. 컴퓨터님이 트러블슈터에게 내리는 임무는 아주 심각한 것처럼 보이지만, 대개는 아주 하찮거나 무의미한 것들이다. 예를 들자면 이렇다. 컴퓨터님이 건물 A에 감금되어 있는 로봇을 조사하라는 임무를 내린다. 컴퓨터님의 설명만 듣자면 그 로봇이 반역적인 정보를 가지고 있거나 매우 위험할 것 같지만, 실제로는 그저 망가진 커피 바리스타 로봇에 불과하다. 그러나 트러블슈터들은 이 임무를 수행하는 과정에서 어이없게 죽어나가거나, 자신의 동료가 돌연변이이며 반동분자라는 증거를 확보해 서로 죽인다(또는 먼저 죽인 뒤 증거를 조작한다). 컴퓨터님의 정신병이 플레이어 사이의 의심과 혼란으로 번지는 광경이 펼쳐진다.

알파 콤플렉스 사회는 철저한 계급 사회다. 계급은 빨주노초파남보로 이루어져 있다. 보라 계급은 최상위 계급이고 빨강 계급은 (노예에 가까운 계급인 적외를 제외하면) 최하위 계급이다. 플레이어들은 빨강 계급의 시민으로 게임을 플레이하며 온갖 부조리하고 굴욕적인 상황을 겪는다. 뇌물을 찔러주고, 아첨을 떨고, 목숨을 보장할 수 없는 실험용 장비의 마루타가 되기도 한다. 이렇게나 암울한 세계인데 재미있는 플레이가 가능할까? 그러나 이러한 의문은 적어도 「파라노이아」에서는 잘못된 것이다. 알파 콤플렉스의 시민들에게 행복은 의무이기 때문이다. 「파라노이아」를 대표하는 몇 문장을 보자.

행복합니까, 시민? 행복은 의무입니다.
행복하지 않은 것은 반역입니다.
반역자는 즉결 처형됩니다.

알파 콤플렉스의 애국 시민으로서 의무를 다하기 위해, 플레이어가 맡은 시민들은 늘 행복하다. 뇌물을 주느라 얼마 되지 않는 급여가 털려도 행복하다. 상위 계급의 시민을 행복하게 만들었으니 어찌 그것이 그들에게 행복이 아닐 수 있겠는가? 등을 내어주던 동료에게 반동분자로 몰려 죽어도 행복하다. 컴퓨터님의 은혜로 인해 다시 살아날 클론이 있으니 어찌 행복하지 않을 수 있겠는가? (어, 이건 좀 진짜로 행복할지도?) 만약에 불행을 느끼는 이가 있다면? 행복을 관리해주는 행복 담당관이 있으니까 괜찮다. 행복 담당관은 불행한 시민에게 다행제happiness drug를 처방해줄 것이며, 어쩌면 윤향기의 「나는 행복합니다」를 불러줄지도 모른다. 다른 시민의 행복을 위한 그의 헌신이 정말로 눈물겹다. 그러나 슬픔은 반역이다.

어쨌든 행복한 주말, 우리의 플레이는 「파라노이아」에 큰 영향을 준 자먀찐의 「우리들」을 오마주하여, 인쩨그랄이라는 구시대의 공간을 탐사하는 이야기를 다뤘다. 게임이 끝날 때쯤 플레이어들이 맡았던 시민들은 대부분 여분의 클론까지 모두 죽고 사라졌지만, 그래도 행복했다. 행복이 의무인 날이었기에.

가면 쓴 여자들

많은 내 또래들이 그랬듯이 나 또한 어릴 적 TV에서 애니메이션 방영 시간을 늘 사수했다. 오늘날과 달리 과거에는 무언가를 볼 때 선택지가 넓지 않았기에 재미가 있든 없든 모두 챙겨보았다는 점에서, 그 당시의 작품 감상 환경에는 나름의 미덕이랄 게 있었다. 어쩌면 나는 유소년기에 보낸 시간들을 통해 재미있는 것과 재미없는 것을 가려내는 감각을, 또한 좋은 것뿐 아니라 별로인 것조차 즐기는 방법을 자연스레 익히게 된 게 아닐까 싶다.

1993년에는 「베르사유의 장미」가 국내에서 첫 방영됐다. 여덟 살은 먼 나라에서 벌어진 혁명의 역사를 짚기에는 너무 어린 나이였다. 세세한 부분이 이해가 안 되니 몰입도 안 되었던 모양인지 그토록 격정적인 내용임에도 불구하고 마지막 화를 보는 동안에도 나는 심드렁한 채였다.

마지막 화를 본 날 밤에 꿈을 꿨다. 전쟁터였다. 총포 소리가 들리고 화약 냄새가 가득한 파괴된 도시에서 나는 필사적으로 누군가를 찾고 있었다. 그리고 돌무더기를 넘어 골목 한쪽에 부상한 채 누워 있는 사람을 발견했다. 앙드레였다. 나는 유언 같은 말을 중얼거리는 앙드레를 껴안은 채 죽지 말라고, 제발 죽지 말아달라고 소리치며 울고 있었다.

눈물로 범벅이 된 채 꿈에서 깨어났다. 내가 오스칼이었다는 사실 때문에 자못 당혹스러웠다. 꿈에서 다른 누군가가 되는 경험도 처음이었고, 다른 누군가가 그토록 나 자신처럼 느껴졌던 적도 처음이었다. 내 외피에 문제가 있다고 생각한 것이 처음은 아니었다. 하지만 내게는 그걸 설명할 언어도, 들어줄 사람도 없었다. 그러나 애니메이션의 등장인물이 되었던 그 꿈은 내가 그간 나에 관해 알던 것보다 더 많은 것을 알게 해주었다. 또한 자연스레 깨달았다. 그건 좋음을 넘어 특별한 작품이라는 것을.

1994년에 방영된 「쥐라기 월드컵」(원제: 드래곤 리그)을 보면서도 그랬다. 인간, 수인, 공룡인간, 드래곤 등이 공존하는 판타지 세계에서 벌어지는 축구 이야기였다. 많은 이들이 주인공 돌발이 아니면 양팔을 뒤로 젖힌 채 달리는 자세가 인상적인 야크를 좋아했지만, 나는 윌을 좋아했다. 투구처럼 생긴 철가면을 쓴 미스터리한 자로, 초중반까지 주인공 팀의 핵심 전력으로 활동하는 인물이다. 그의 정체는 돌발이의 아빠 아몬에 의해 드러나게 되는데, 당혹스럽게도 철가면 안에는 소녀가 있었다. 윌의 정체는 왕국의 공주인 위너로, 축구를 하고 싶어 정체를 숨기고 주인공 팀에 입단했던 것이었다.

그날 밤에 꿈을 꾸었다. 축구가 끝난 뒤 숙소에서 각자의 방으로 돌아가는 시간이었다. 나는 옷을 갈아입으며 답답한 철가면을 벗었다. 탁상 위 거울에 소녀의 얼굴이 비쳤다. 나는 생생한 몰입감 속에서 눈을 떴다. 완전한 해방감.

나는 지금도 그 꿈들을, 그때 느꼈던 감정들을 되짚어보곤 한다. 그리고 내가 오스칼과 윌을 통해 느꼈던 기묘한 감정을 「마징가 Z」의 아수라 남작으로부터 느꼈을 사람들에 관해 생각한다.

앞서 내가 여러 작품을 둘러본 까닭은 그저 시간을 죽이기 위해서라고 말했다. 하지만 다르게 볼 수도 있을 것 같다. 내가 작품에 빠져 지낸 그 많은 시간은 부정하고 싶었던 현실의 시간을 다른 세상으로 옮기는 과정이었으며, 이를 통해 옳게 된 나를 꿈꾸는 시간이었던 것은 아닐까? 그리고 그러한 꿈의 힘으로 다시금 부정하고 싶은 현실을 살아낼 수 있었던 것은 아니었을지.

내가 시간을 죽이기 위해, 또한 이로써 살아내기 위해 헤맸던 여정을 여기서 맺는다. 기획을 제안하고 원고를 책으로 엮어주신 현대문학에 깊이 감사드린다. 여기까지 읽어오신 분들이라면 내가 지속해온 오타쿠와의 거리 두기 자체가 일종의 농담이었다는 것을 잘 알고 계실 것이다. 오늘도 삶을 버텨내고자 다양한 작품들을 저마다의 방식으로 사랑하고 있을 이들에게 위로와 응원을 보낸다. 앞으로도 많은 것들을 사랑하시기를. 여러분이 사랑하는 것들의 총합이 여러분 그 자체이니까.

덕후 일기—시간 죽이기

지은이 송승언
펴낸이 김영정

초판 1쇄 펴낸날 2023년 6월 30일

펴낸곳 (주)현대문학
등록번호 제1-452호
주소 06532 서울시 서초구 신반포로 321(잠원동, 미래엔)
전화 02-2017-0280
팩스 02-516-5433
홈페이지 www.hdmh.co.kr

ISBN 979-11-6790-201-6 04810
ISBN 979-11-6790-194-1 (세트)

* 책값은 뒤표지에 있습니다.